ro
ro
ro

Janne Mommsen hat in seinem früheren Leben als Krankenpfleger, Werftarbeiter und Traumschiffpianist gearbeitet. Inzwischen schreibt er überwiegend Romane und Theaterstücke. Mommsen hat in Nordfriesland gewohnt und kehrt immer wieder dorthin zurück, um sich der Urkraft der Gezeiten auszusetzen.

«Turbulent und sehr warmherzig.»
Welt am Sonntag

«Bekenntnis zur guten Seite des Lebens.»
Nordkurier

«Erfolgsautor zwischen den Meeren.»
Hamburger Abendblatt

«Er schreibt wunderschöne Liebesgeschichten und alle sind Bestseller.»
Bild

Janne Mommsen

Inselhochzeit im kleinen Friesencafé

Roman

Rowohlt Taschenbuch Verlag

Veröffentlicht im Rowohlt Taschenbuch Verlag,
Hamburg, März 2024

Das Zitat auf S. 104 stammt aus: Eduard Mörike, Gedichte
Das Zitat auf S. 146/147 stammt aus: Joachim Ringelnatz, Gedichte

Covergestaltung Hauptmann & Kompanie Werbeagentur, Zürich
Coverabbildung Shutterstock
Satz aus der Plantin
Gesamtherstellung CPI books GmbH, Leck
ISBN 978-3-499-00964-8

En gräen maaren, en lachten dai

Ein grauer Morgen, ein heller Tag

1

Ich lehne mich an die Kante des großen Konferenztisches und blicke durch die bodentiefe Glasfront vom 38. Stock auf die Upper Bay südlich von Manhattan. Über dem Wasser schwebt ein weißer Schleier, den die Vormittagssonne zum Leuchten bringt, darüber spannt sich ein wolkenloser tintenblauer Himmel. Ein kleines Ausflugsschiff zieht seinen Kurs schnurgerade Richtung Freiheitsstatue, dahinter breitet sich der Atlantik aus.

Mr. Chang und Mr. Fernandez haben sich mit ihren Leuten zur Beratung in getrennte Nebenräume zurückgezogen. Die Verhandlungen sind wie erwartet schnell zu Ende gegangen. Im Grunde war die Sache ziemlich einfach: Mr. Fernandez, Inhaber einer weltweiten Logistikfirma, steckte in finanziellen Schwierigkeiten. Mr. Chang wollte Anteile seines Unternehmens kaufen, um die Transportkosten für seine Firma zu senken, beide profitieren also von dem Geschäft. Da ihr Englisch nicht verhandlungssicher ist, wurde ich als Dolmetscher hinzugezogen. Mein Ruf ist es, nicht nur präzise zu übersetzen, sondern kulturelle Mentalitäten einzubeziehen, dafür zahlt man mich besonders gut. Im Lauf der vier Jahrzehnte, die ich diesen Job mache, habe ich zur Genüge die Missverständnisse kennengelernt, die trotz korrekter Übersetzung auftreten können. So habe ich mir vorhin erlaubt, Mr. Changs Mandarin ins Spanische zu übersetzen, was für den aus Argentinien stammenden Señor Fernandez vertrauter klang als amerikanisches Englisch.

Mr. Fernandez kommt wieder herein. Sein Maßanzug sitzt perfekt, das Gel in seiner Kurzhaarfrisur lässt kein Härchen abstehen. «Muchas gracias», sagt er lächelnd. «Ihr Español ist einfach perfekt.»

Das Geschäft ist anscheinend zu seiner Zufriedenheit gelaufen.

Ich lächele zurück. «Dafür bin ich da.»

«Mr. Chang lässt sich entschuldigen, er ist schon wieder auf dem Weg zum Flughafen.»

Die *Masters of the Universe* sind immer in Eile.

«Bitte senden Sie die Rechnung an meine Firmenadresse in Buenos Aires.»

«Vielen Dank, ich möchte kein Honorar», widerspreche ich sanft.

Señor Fernandez kneift seine großen braunen Augen zusammen. «Gibt es ein Problem?»

«Fährt zufällig in nächster Zeit einer Ihrer Frachter von New York nach Nordeuropa?», erkundige ich mich statt einer Antwort.

«Einige – wieso?»

«Könnten Sie anstelle eines Honorars meinen Wagen mitnehmen?»

Señor Fernandez sieht nun neugierig aus. «Sie wollen ihn in Europa verkaufen?»

«Nein, ich mache dort Urlaub.»

«Sie vertrauen den Mietwagenfirmen da drüben nicht?»

«Doch, schon. Aber ich fahre ein ganz besonderes Auto, von dem ich mich nur ungern trenne.»

«Verstehe, was ist es für einer? Ein Jaguar E-Type aus den Sechzigern oder ein Camaro?»

«Etwas kleiner, aber das Jahrzehnt stimmt.»

Er gibt mir zum Abschied seine Handynummer. Der Deal ist besiegelt.

In der Tiefgarage ist es drückend warm. Mit dem Autoschlüssel in der Hand wandere ich an den gängigen Modellen der oberen Mittelklasse vorbei, hin und wieder steht hier ein teurer Sportwagen. Ganz hinten auf dem Besucherparkplatz wartet auf mich das schönste Auto der Welt: mein altweißer 63er VW Käfer mit dem dunkelroten Faltdach. Die kreisrunden Scheinwerfer sehen aus wie Kinderaugen. Alles an dem Wagen ist abgerundet, die Motorhaube, die Heckscheibe, allein der aufgesetzte Blinker auf dem geschwungenen Kotflügel ist ein Kunstwerk, dazu kommt das Trittbrett mit der Gummibeschichtung.

Als ich die Tür öffne, empfängt mich der typische Käfergeruch, der auch nach Jahrzehnten nicht verflogen ist. Am Armaturenbrett ist eine kleine Blumenvase befestigt, in die ich zwei Vergissmeinnicht gesteckt habe. Ich drehe den Zündschlüssel um, der Boxermotor springt sofort an. Er klingt immer ein wenig angestrengt, funktioniert aber absolut zuverlässig. Den Wagen habe ich vor einem halben Jahr in New Mexico gekauft. Im Wüstenklima hatte Rost keine Chance. Klar, der Lack von vor sechs Jahrzehnten ist von der Sonne verblichen, aber diese Patina hat für mich was.

Ich tuckere aus der Tiefgarage in die Fulton Street, die im Schatten der umliegenden Hochhäuser liegt. Vor mir fährt ein Truck mit der lila Aufschrift «FedEx». Normalerweise würde ich jetzt über den Teddy-Roosevelt-Drive nach Hause fahren. Ich lebe in Williamsburg in einer geräumigen Dreizimmerwohnung, die Rose und ich gekauft haben, lange bevor in diesem Teil von Brooklyn alles unbezahlbar wurde.

Dort will ich jetzt nicht hin.

In meiner Wohnung halte ich mich eigentlich nur zum Schlafen auf, und das auch nur unter der Woche. Meist arbeite ich in meinem kleinen Büro in der Lower East Side bis in den späten Abend hinein. Freie Wochenenden, wie das, welches mir gerade bevorsteht, sind für mich eine Bedrohung. 52-mal im Jahr befinde ich mich im freien Fall, Samstag und Sonntag erscheint mir mein Leben sinnlos und leer, unabhängig davon, ob draußen ein Blizzard tobt oder die New Yorker Sommerhitze alles lahmlegt. Das Wochenende auch noch mit Arbeit vollzuschaufeln, ist auch keine Lösung, das habe ich längst probiert – bis ich vom Stress krank wurde.

Immerhin bin ich 67.

Mir fehlt Rose immer noch, seit ihrem Tod vor über zwanzig Jahren fehlt sie mir. Es hört einfach nicht auf. Immer waren wir füreinander da, konnten uns aufeinander verlassen. So eine Nähe kannst du durch nichts ersetzen. Rose und ich waren ein Dream-Team, wir hatten den gleichen Humor, waren beide sehr unordentlich, haben leidenschaftlich gerne gekocht. Am Herd haben wir immer Neues ausprobiert, israelische Küche, georgische, französische, deutsche, was uns einfiel.

Als ich auf die Brooklyn Bridge abbiege, befinde ich mich plötzlich im prallen Sonnenlicht. Neben mir funkelt das Wasser des East River. Ich schiebe das Faltdach mit dem verchromten Hebel zurück. Sofort knattert der Fahrtwind hinein und verwirbelt meine Haare. «Convertible for poor», hatte es der Verkäufer genannt, «Cabrio für Arme.» Die Hochhäuser des Financial Districts werden im Rückspiegel immer kleiner. Neben mir überholt ein Pick-up, der afroamerikanische Fahrer deutet auf meinen lärmenden Käfer und hebt lächelnd den Daumen. Ich winke zurück.

In meiner Familie war der Käfer kein Auto, sondern ein Familienmitglied, das am liebsten in der Garage ruhte. Mein Vater war ein notorischer Angeber, er besaß in den Sechzigern einen chromglänzenden Chevrolet, der mir wie ein rollender Ozeanriese vorkam. Den kleinen frechen Käfer fand ich viel cooler.

Ich nehme den Interstate Highway, der ans andere Ende von Long Island führt. Rechts geht es nach Coney Island, dem berühmten Strand mit dem Vergnügungspark. Ich habe meine frühe Kindheit zwischen Achterbahnen und Riesenrädern verbracht. Unser Viertel wurde «Little Odessa» genannt, wegen der vielen Immigranten, die hier wohnten. Von ihnen habe ich akzentfrei Russisch gelernt, ansonsten kann ich über das Viertel wenig Positives sagen. Die Kriminalität war hoch, die Straßen wurden beherrscht von Drogenbanden, gegen die die Polizei machtlos war. Wir Kinder mussten immer aufpassen, nicht zwischen die Fronten zu geraten.

Dort zieht mich nichts mehr hin.

Souverän schnurrt mein Auto Meile für Meile den Asphalt runter. Der Vorbesitzer hat netterweise ein Radio mit Kassettenrekorder in den Wagen eingebaut (den es 1963 noch nicht gab, aber so streng bin ich da nicht, mein Auto ist kein Museum). Bei einem Antiquitätenhändler in der Lower East Side habe ich einen Stapel Musik-Kassetten gekauft, die man sonst kaum noch bekommt. Ich lege die Beachboys mit «Surfin' USA» ein, später einige Soul-Hits aus meiner Teeniezeit. Dann komme ich zu der Kassette, die jemand Wichtiges für mich eingesprochen hat. Ich will unbedingt jene Sprache reaktivieren, die ich vor Jahrzehnten oft gehört, aber selbst kaum gesprochen habe. Um rauszufinden, was die männliche Stimme sagt, muss ich genau hinhören:

«Hü gongt et? – How are you? – Wie geht es?»

Okay, das kannte ich noch. Der Sprecher übersetzt alles auch auf Deutsch, denn das haben wir häufiger als Englisch miteinander gesprochen.

«Min eilunn feer mei ik liis. – I love my Feer Island. – Ich liebe meine Insel Föhr.»

Ich versuche es laut zu wiederholen, bin aber nicht sicher, ob die Aussprache richtig war. Also spule ich zurück. Noch mal. Plötzlich wird die Sprecherstimme rasend schnell und hoch, wie in alten Mickymaus-Filmen. Es ist nichts mehr zu verstehen. Bandsalat!

Ich drücke schnell die Stopptaste und fahre auf einen Parkplatz. Dort fische ich einen Kugelschreiber aus dem Handschuhfach und fädle das Kassettenband wieder ein. Gott sei Dank, es funktioniert wieder.

«God dat wi a woss ha. – Nice to have Springtime. – Schön, dass wir Frühling haben.»

Dad stammte von einer kleinen deutschen Insel namens Föhr, dort wurde diese seltene Sprache gesprochen. Wir hatten damals viel Besuch von Exil-Föhrern, von denen und von Dad habe ich mir einiges abgehört. Auch wenn nicht viel hängen geblieben ist, der Klang ist mir sofort wieder vertraut.

«Man dring, wat beest du brat wurdn», war der immer gleiche Spruch von Dads Freunden. «Mann, Junge, was bist du groß geworden!» Dabei bin ich seit meinem 15. Lebensjahr bei 1,80 Meter stehen geblieben. Das ist nun schon über fünfzig Jahre her, seitdem habe ich nicht mehr Fering gesprochen. Aber nun bin ich wild entschlossen, es aufzufrischen. Allein das harte «r» ist eine Herausforderung. Ich rolle es wie im Spanischen, ob das richtig ist?

Später lege ich noch mal die Beach Boys ein und singe jeden Titel laut mit. Die Außentemperatur steigt, und natürlich hat der Oldtimer keine Klimaanlage. Zusätzlich zum offenen Faltdach klappe ich die Ausstellfenster an der Fahrer- und Beifahrerseite auf, sodass ich mehr vom Fahrtwind abbekomme. Die Luft riecht nach Atlantik.

Bis zur äußersten Spitze von Long Island sind es gute 120 Meilen. Nach einer Weile durchfahre ich die «Hamptons». Hierhin verziehen sich die reichen New Yorker am Wochenende. In Southampton, East Hampton, Westhampton, Bridgehampton und Hampton Bays sieht es komplett anders aus als in New York. Die riesigen Villen sind makellos weiß, die Grundstücke um die Häuser riesengroß, die Straßen blitzsauber, Rasenflächen gestutzt, sämtliche Hecken perfekt geschnitten.

Kurz vor Montauk passiere ich die Pferderanch, die meinem Vater mal gehört hat. Wir hatten zwölf Pferde, die von uns liebevoll gepflegt und geritten wurden. Als es Anfang der Siebziger von Coney Island hierherging, war ich alles andere als begeistert. Montauk kam mir vor wie ein Kaff in der tiefsten Prärie, es lag viel zu weit von New York entfernt. Allein dass die Rolling Stones damals zufällig ihren Urlaub dort verbrachten, tröstete mich etwas.

Der eigentliche Ort Montauk mit seinen Ferienhäusern und den kleinen Geschäften beginnt ein, zwei Meilen hinter der Farm. Ich bin ewig nicht mehr hier gewesen, es hat sich einiges verändert. Der Name stammt von den Montaukett – Ureinwohnern, die eine faszinierende Kultur hatten. Mit einem Nachfahren jener Ureinwohner bin ich zur Highschool gegangen. Die Montauketts waren bekannt für die Herstellung von Perlenketten, die Frauen waren weise Ackerbäuerinnen, sie bauten Mais, Bohnen und Kürbis an.

Montauk ist damals wie heute ein Touristenort mit fantastischen Stränden. Hauptattraktion ist der Leuchtturm, der Tag und Nacht alle fünf Sekunden blinkt und dessen Licht 19 Seemeilen weit zu sehen ist. Als sein Vorgänger im 19. Jahrhundert erhöht werden sollte, waren die Anwohner strikt dagegen: Wenn vor Long Island keine Schiffe mehr verunglückten, konnten sie sie nicht ausrauben – wovon sollten sie dann leben? Er wurde trotzdem erhöht.

Sein Blinken war das Erste, was Einwanderer aus Europa von der Neuen Welt sahen, wenn sie nach der langen Schiffsreise über den Atlantik kamen. Insofern war das Montauk Lighthouse die Erfüllung eines Versprechens.

Heute regt sich kein Lüftchen, der Atlantik liegt still und unbeweglich da wie ein riesiger Spiegel. Ich parke meinen Käfer in der Nähe des East End Surf Clubs am Ditch Plains Beach. Auf dem Parkplatz ziehe ich meine Schuhe aus, schnalle meinen kleinen Rucksack über und schnappe mir meine geliebte Gitarre vom Rücksitz. Auf dem zerkratzten Korpus klebt ein halb abgerissener Aufkleber mit einem Peace-Zeichen. Für die echten Hippies waren wir zu jung, wir spielten am Strand aber gerne ihre Songs.

Barfuß wandere ich unterhalb der Steilküste auf den

Leuchtturm zu. Diesen Weg sind wir wer weiß wie oft als Highschool-Clique gegangen, der Strand war unser zweites Zuhause. Hier habe ich das erste Mal ein Mädchen geküsst, Betsy Silberstein, die eine Zahnspange hatte. Nach dem College habe ich im Montauk Lighthouse als Angestellter der Coast Guard gearbeitet. Für mich war es der schönste Arbeitsplatz der Welt: Den ganzen Tag aufs offene Meer blicken, im Winter wie im Sommer, hatte etwas. Heute ist der Leuchtturm längst automatisiert.

Ich lege mich neben meine Gitarre auf den sonnenwarmen Sand und schließe die Augen. Winzige Wellen schwappen träge an die Strandkante, schmatzen kurz auf und laufen dann aus. Nach einer Pause schleicht sich die nächste Welle heran. Es ist der perfekte Ort, um zu entspannen. Bei mir klappt das leider nicht. Nach drei Stunden Fahrt erwischt mich hier dieselbe niederschmetternde Einsamkeit wie in meiner Wohnung. Dem Alleinsein kann ich nicht entfliehen, es findet mich überall. In Montauk kommen Erinnerungen an bessere Zeiten hoch, hier hatte ich einen guten Start ins Leben – was ist bloß im Lauf der Jahre passiert? Andererseits darf ich mich nicht beschweren, ich bin 67 Jahre alt, habe einen Job, der mir Spaß macht, und bin gesund. Es gibt wahrlich schlimmere Schicksale auf dieser Welt. Also Ärmel hoch, und weiter geht's!

Ich stimme die Gitarre und singe ein Lied von Simon & Garfunkel, «The Sound of Silence». Warum ausgerechnet dieser Song, weiß ich nicht.

Irgendwann ziehe ich einen Zettel aus meinem Rucksack, darauf steht der Text eines Föhrer Liedes, quasi die Nationalhymne der Insel. Leider weiß ich nicht, wie die Melodie geht. Also singe ich das Fering einfach zu «The Sound of Silence».

Alhuar ik henkem üüb a eerd,
alhü uk het det lun:
at jaft dach man an ian eilun Feer,
det leit mi boowen uun.
An kaam 'k uk hen uun 't lokelkst steed,
huar surgen goor ej wiar,
toocht ik dach äeder an uk leed
am di, min eilun Feer.
Wherever I go on this Earth,
whatever name a land may have
there's only one Isle of Föhr,
that in my mind is best.
If I came upon the happiest place,
where worries don't exist,
all the day from dawn till dusk I'd think
of you, my Isle of Föhr.

Beim Singen blicke ich auf den glitzernden Atlantik vor mir, den vertrauten Anblick aus meiner Jugendzeit – im Sommer genauso wie bei eisigen Winterstürmen. Aber egal, wie es kam, ich war immer draußen am Strand.

Der Himmel bezieht sich, es wird diesig. Auf der anderen Seite des Ozeans liegt dieses Feer Island, wo ich noch nie war. «Fööör» wird es auf Deutsch ausgesprochen. Ich muss das «Ö» noch oft üben, bis ich es einigermaßen akzentfrei hinbekomme. Eins steht jetzt schon fest: Die Reise zur Insel mit dem «Ö» wird das größte Abenteuer meines Lebens werden.

2

Der Wecker meldete sich mit nervtötendem Piepsen und riss Julia aus den tiefsten Träumen. Sie lag Haut an Haut mit ihrem Liebsten unter einer warmen Decke. Draußen rauschte der Meereswind, hinter der Gardine leuchtete die Morgensonne. Wenn sie aufstand, würde sich nichts an diesem Tag besser anfühlen als diese Nähe zu Finn-Ole – warum sollte sie sie aufgeben? Doch der Wecker blieb unbestechlich. Widerwillig beugte sie sich nach unten, sechs Uhr morgens war zu früh für alles auf der Welt. Leider stand das klingelnde Ding auf dem Holzfußboden, zu weit weg, um es mit ausgestrecktem Arm zu erreichen. Finn-Ole schlief derweil weiter, ohne sich einen Millimeter zu rühren. Beneidenswert. Einen Moment später passierte jedoch etwas Unerwartetes: Ohne Vorwarnung sprang er aus dem warmen Bett.

«Was ist?», murmelte sie.

«Wir müssen!»

«Aber nicht gleich!»

«Doch», antwortete er und legte sich noch einmal zu ihr unter die Decke. Seine dichten braunen Haare waren durcheinandergeraten, was sie sehr mochte.

Sie küsste ihn auf den Mund. «Komm, wir lassen heute alles ausfallen.»

«Deine Gästebetten werden um neun ins kleine Friesencafé geliefert, dann musst du da sein.»

Wie vernünftig.

«Du hast ja recht.»

Sie schaute sich im Raum um, irgendetwas war heute anders. Erst, als sie zum Fenster blickte, war es sogar hinter der Gardine zu erkennen: Das Morgenlicht draußen sah seltsam aus.

«Was ist das?», fragte sie. Sie konnte den Anblick nicht einordnen, er machte ihr Angst.

Auch Finn-Ole sah irritiert aus.

Sie standen auf und zogen vorsichtig die Vorhänge beiseite. Der Himmel leuchtete ockergelb, als sei das gewohnte Blau mit einem gelben Malerquast übertüncht worden. Sie zuckte zusammen, wie war das möglich? Es wirkte wie in einem Science-Fiction-Film.

«Gespenstisch», flüsterte Finn-Ole.

Julia kam es so vor, als ob die vertraute alte Erde untergegangen und durch eine neue ersetzt worden war.

Dann fiel es ihr wieder ein: «Saharastaub.»

«Stimmt», sagte er erleichtert. Gestern war im Wetterbericht angekündigt worden, dass Staubmassen aus der Saharawüste in einem riesigen Strom nach Norden geweht würden. Nun waren sie angekommen.

Die Zeit reichte gerade für eine Katzenwäsche und einen Kaffee, den Finn-Ole in der Einbauküche seines Ein-

Zimmer-Feriendomizils aufsetzte. Er wohnte hier nur vorübergehend, weil er eine Vertretung auf dem Amrumer Amt übernommen hatte. Die dauerte nun allerdings schon ein halbes Jahr.

Dass Julia und er zurzeit auf verschiedenen Inseln wohnten, hatte ihrer Beziehung keinen Abbruch getan, es war sogar besonders reizvoll, wenn man sich dann endlich wiedersah. Trotzdem sehnten sie sich danach, endlich zusammen in Oldsum auf Föhr leben zu können. Zum Glück kam Finn-Ole jedes Wochenende herüber, immerhin war er Bürgermeister von Oldsum und musste sich um seine Gemeinde kümmern. Während seiner Abwesenheit schaute sie nach seinen Schafen, die am Deich grasten.

«Leg dich ruhig wieder hin», schlug sie vor, als sie bereits am Küchentisch saßen. «Ich kann alleine rüberwandern.»

«Auf keinen Fall.»

«Das habe ich aber schon mal gemacht.»

«Was riskant war.»

«Ach was.»

Er küsste sie auf die Wange. «Heute gehen wir zusammen nach Föhr, das habe ich versprochen, und das halte ich auch.»

Sie huschte ins kleine Bad und machte dort den Fehler, in den Spiegel zu schauen. Ihre Frisur sah aus wie ein Dschungel, die Augenringe waren nicht zu übersehen. Um sechs Uhr morgens konnte sie das nicht mit Gesten und Gerede überspielen, dafür war es einfach zu früh.

«Du hast total kleine Augen», stellte sie lächelnd fest, als sie zurück war.

«Ich möchte nicht uncharmant sein, aber das eint uns gerade.»

In Finn-Oles elektrischem Dienstgolf fuhren sie bis zur Wattkante im Norden der Insel. Reetdachhäuser und Wälder sahen in dem gelben Licht fremd aus. Auf der Straße war kein Auto zu sehen. Während der Fahrt fühlten sich ihre Augenlider an wie mit Blei beschwert.

An der Wattkante wurde Julia wach. Eine steife Brise aus Nordwest wehte dunkelgraue Wolken heran, ein starker Kontrast zum saharagelben Morgenhimmel. Die riesige Fläche vor ihr strahlte eine ungeheure Kraft aus. Menschen waren hier nur als flüchtige Gäste zwischen den Gezeiten geduldet. Das musste sie respektieren. Gegenüber lag ihre Heimatinsel Föhr, die Dünen von Utersum und Nieblum nahmen die Farbe des Himmels auf und leuchteten ihr ockerfarben entgegen.

«Kaum zu fassen, dass die Sahara jetzt schon bis zur Nordsee reicht», sagte Julia. «Wir sollten Kameltouren durchs Watt anbieten.»

Finn-Ole grinste. «Auf den landestypischen Friesenkamelen?»

«Mit denen veranstalten wir dann Rennen im Schlick.»

«Du, so bekloppt klingt das gar nicht.»

«Findest du?»

«Doch, es ist total abwegig.»

«Genau deswegen sollten wir darüber nachdenken!»

Julia checkte auf dem Handy die Wettervorhersage, der Wind würde eventuell bis auf sieben Stärken aufdrehen, Regen war nicht zu erwarten. Aber das war an der Nordsee nie sicher.

Sie zogen Schuhe und Strümpfe aus und verstauten sie in ihren Rucksäcken. Die Oberflächen der unzähligen Pfützen auf dem Meeresboden zitterten bei jeder Windböe, als würde gleich Glas zerspringen. Julia war im vergangenen Winter oft im Watt gewesen. Im Sommer wollte sie mit Feriengästen hinüber nach Amrum wandern – falls sie die Prüfung zur Wattführerin bestünde. Klaas, ihr Ausbilder, war Stammgast im kleinen Friesencafé und hielt Julia für genau die Richtige, um die Schönheit dieser einzigartigen Landschaft zu vermitteln. Julia selbst wollte einfach nur einen Ausgleich zur Routine im kleinen Friesencafé.

Genau genommen hatte ihre früh verstorbene Mutter den Grundstein für ihre Liebe zu der Insel gelegt, als sie auf Föhr zur Kur war. Da war Julia noch ein Kleinkind gewesen. Als Julia Jahrzehnte später die Föhrer Lieblingsorte ihrer Mutter anhand von deren Tagebuch aufsuchte, hatte sie Finn-Ole kennengelernt. Anfangs hatte sie ihn für einen Nerd gehalten, was vor allem wohl an seinem Siebzigerjahre-Trainingsanzug lag, den er häufig trug. Doch schon bald sah sie ein, dass sie sich getäuscht hatte. Finn-Ole war charmant und attraktiv.

«Alles dabei?», erkundigte er sich.

Sie zählte auf: «Kompass, Rettungsseil, Rettungsdecke, Erste-Hilfe-Ausrüstung, Uhr, Pfeife, Fernglas, Leuchtpistole und natürlich mein wasserdichtes Handy.»

Führungszeugnis, Erste-Hilfe-Schein, Schwimmer-Nachweis und Gesundheitspass hatte sie beim Amt vorgelegt, den Theorieteil für die Prüfung zur Wattführerin hatte sie bereits erfolgreich absolviert. Im Praxisteil sollte sie unter Aufsicht eines erfahrenen Wattführers eine ganze Gruppe begleiten. Das wollte sie vorweg zusammen mit Finn-Ole üben – ohne Publikum. Er war ebenfalls ausgebildeter Wattführer und konnte ihr Tipps für die Prüfung geben, die nächste Woche stattfinden würde.

Sie küssten sich kurz und betraten dann den feuchten, weichen Meeresboden, der sich am frühen Morgen kühl anfühlte. Unter dem gigantischen ockerfarbenen Himmel waren sie winzig kleine, zweibeinige Insekten auf einer riesigen leeren Fläche.

Finn-Ole nahm ihre Hand. Das Watt versetzte sie in eine Art Urzustand, ihre Gedanken verknüpften sich mit der Weite des Meeres und des Himmels. Wenn Alltagsärger hier nicht verflog, wurde er doch unbedeutend. Wie sagten die Insulaner? «Die Flut bringt's, die Ebbe nimmt's.» Diesen Rhythmus hätte sie sich für ihr sonstiges Leben gewünscht: Alle paar Stunden verschwand jedes Problem und wurde mit frischen Gedanken und Stimmungen überspült!

Kurz hinter Amrum mussten sie einen Priel durchqueren. Die Strömung war reißend, das Wasser ging aber nur bis zum Knie. Allerdings war es dermaßen eisig, dass es an den Beinen wehtat. Vor Prielen hatte Julia allergrößten Respekt, sie liefen oft bereits voll, wenn der restliche Meeresboden noch unbedeckt vom Wasser war. Im schlimmsten Fall schnitten sie einem den Weg zum sicheren Festland ab, was lebensgefährlich werden konnte.

Heute stimmten Wetter und Gezeiten. Trotzdem musste sie immer aufpassen. Das Watt war nicht der natürliche Lebensraum des Menschen. Mit Klaas hatte sie den genauen Weg abgesteckt, den er geprüft und für gut befunden hatte. Wich sie davon ab, konnte sie in gefährliche Schlammlöcher geraten. Darin versank man tief und kam ohne Hilfe nicht mehr heraus, das wurde von vielen unterschätzt.

«Du musst nächste Woche vor allem darauf achten, dass deine Gruppe zusammenbleibt», meinte Finn-Ole. «So eine Horde geht schneller auseinander, als du gucken kannst. Dann bekommen sie deine Anweisungen nicht mehr mit.»

Föhr lag als schmaler Streifen vor ihnen, Schritt für Schritt kamen sie der Insel näher. Sie sprachen beim Gehen wenig miteinander, tauchten zusammen ein in die prachtvolle Kulisse um sie herum. Die Wolken türmten sich vor ihnen auf, ein starker Nordwestwind blies ihnen entgegen und machte ihnen den Kopf frei. Leider waren sie viel zu schnell drüben, fand Julia.

«Wattführerprüfung bestanden», sagte Finn-Ole, «jedenfalls von mir aus.»

«Aber ich bin eine Frau», flüsterte sie.

«Habe ich das bezweifelt?»

«Anscheinend.» Sie sah ihn abwartend an.

Dann kam er von selbst drauf. «Ah, sorry, Wattführer*innen*prüfung.»

Sie lachte. «So viel Zeit muss sein. Sonst erwarten die Leute einen Kerl wie Klaas, und das bin ich nun wirklich nicht.»

«Ja, kann man so sagen.»

Wattführerinnen waren immer noch selten auf der Insel, warum auch immer.

«Und was steht heute bei dir an – außer Betten für das Hochzeitsfest in Empfang nehmen?», fragte er.

«Das leere Haus gegenüber vom Friesencafé für die Gäste einrichten», antwortete sie. «Bis zu Anitas und Harks großem Tag muss alles fertig sein.» Sie freute sich, dass ihre Oma sie mit den Hochzeitsvorbereitungen betraut hatte.

«Frühstück gibt es dann im Garten des kleinen Friesencafés?»

«So stelle ich mir das vor.»

«Klingt gut.»

Julia schaute auf ihre Uhr. «Wenn du zurück nach Amrum willst, musst du los.»

Er grinste. «Willst du mich loswerden, oder was?»

«Im Gegenteil, ich bin nur besorgt wegen der Tide.»

Sie küssten sich innig.

«Es war wunderschön mit dir», flüsterte sie.

«Dito», antwortete er. «Außerdem warst du mir eine gute Wattführerin.»

«Der Priel vor Amrum läuft jede Sekunde weiter voll. Willst du nicht doch die Fähre nehmen?»

Finn-Ole dachte kurz nach. «Nee, das haut gerade noch hin.»

«Dann los – und im Notfall rufst du mich an, ja?»

«Nicht nur im Notfall.»

«Dann ist ja gut.»

Sie küssten sich noch einmal, dann drehte er sich um und wanderte mit großen Schritten zurück nach Amrum. Sie schaute ihm einen Moment lang nach. Dann machte sie sich auf den Weg.

Eine gute Dreiviertelstunde später ging Julia am Ortsschild von Oldsum vorbei. Unter dem Saharahimmel sah das kleine Inseldorf aus wie ein Gemälde. Früher war Oldsum ein Bauerndorf gewesen, bei vielen Häusern waren noch die ehemaligen Scheunen zu erkennen. Über dem Ort lag die gewohnte tiefe Ruhe, Julia hörte nur den Wind. Inzwischen arbeitete und lebte sie seit über einem halben Jahr hier, die Insel fühlte sich so vertraut an, als hätte sie nie woanders gelebt. Sie ging durch die Gassen und Straßen in Richtung ihres kleinen Friesencafés.

Der Himmel bezog sich, es fing an zu regnen. Als Allererstes würde sie sich auf der besten aller Kaffeemaschinen, ihrer italienischen *Scala*, einen Caffè Crema zubereiten. Julia liebte die ehemalige Scheune, in der das Friesencafé seinen Sitz hatte, mit den alten Dachbalken, den Bodendielen und den unverputzten Wänden, an denen selbstgemalte Bilder von ihr hingen. Sie zeigten die Föhrer Lieblingsorte ihrer verstorbenen Mutter: das Meer bei Sonnenschein und Regen, Lichtstimmungen in der Marsch, den Tanz eines kleinen Mädchens in der Wyker Kurmuschel, Kitesurfer, die hoch in den Himmel flogen. Die alten Tische und Caféstühle hatte Julias Oma Anita als junge Frau in Paris ersteigert und sie zur Eröffnung höchstpersönlich hierhergebracht. Ein Hauch französisches Flair stand der friesischen Insel gut, fand sie. «Auf diesen Stühlen haben schon Romy Schneider und Alain Delon miteinander geflirtet», behauptete sie immer – wer wollte das bezweifeln?

Als sie ankam, rief Julia als Erstes Finn-Ole an.

«Alles klar bei dir?»

«Ja, ich bin fast drüben.»

Das wertete Julia noch nicht als Entwarnung.

«Wie weit ist ‹fast›?»

«Der Priel liegt hinter mir.»

Das klang gut!

«Und der Regen?»

Selbst ein kleiner Schauer konnte einem im Wattenmeer bei starkem Wind heftig zusetzen, weil es nirgends Schutz gab.

«Hier regnet es nicht.»

«Hey, Glück gehabt, pass weiter auf dich auf.»

«Sowieso.»

Erleichtert legte sie auf.

Für sie stand gleich erst einmal Geschleppe an. Vom Festland sollten Matratzen geliefert werden, die ins leer stehende Nachbarhaus getragen werden mussten. Darauf sollten die Hochzeitsgäste von Anita und Hark nächtigen.

Inzwischen hatte Julia in ihrem kleinen Friesencafé einige Feste ausgerichtet, aber die Hochzeit ihrer «Omma» Anita mit Kapitän Hark sollte die schönste Feier aller Zeiten werden. Die beiden hatten sich letztes Jahr im zarten Alter von 67 kennengelernt und waren schwer verliebt. Vielleicht konnte Julia ihrer Oma ein bisschen etwas von dem wiedergeben, was sie für sie getan hatte. Nach dem frühen Tod von Julias Mutter hatte Anita ihre Enkelin bei sich aufgenommen und großgezogen. Ohne sie wäre Julia nicht der Mensch, der sie heute war!

Sie schaute durchs Fenster auf die Allee vor dem Café. Dort sah es erstaunlicherweise aus wie immer. Der erwartete Lastwagen vom Festland fehlte, dabei hätte die Lieferung über die Morgenfähre längst da sein sollen. Sie schnappte sich ihr Handy und rief den Möbelhändler an.

«Da ist was schiefgelaufen», erklärte der ohne Bedauern. «Wir liefern erst in sechs Wochen.»

Ihr Blutdruck schoss in die Höhe, die Hochzeit sollte in drei Wochen stattfinden, die ersten Gäste würden in 14 Tagen anreisen. «In sechs Wochen ist es zu spät!»

«Was soll ich denn machen?», klagte der Mann.

«Das muss *ich* Ihnen doch nicht erklären.»

Er hatte ihr eine feste Zusage gemacht – wieso musste sie als Kundin verstehen, warum der Lieferant sein Versprechen nicht halten konnte?

Reg dich nicht auf, sagte sie sich, als sie aufgelegt hatte. Dir wird schon was einfallen.

Sie ging in die leeren Räume des Nebenhauses und schaute sich um. Der tadellose, frisch abgeschliffene Holzfußboden kam ohne Möbel besonders eindrucksvoll zur Geltung. Sie würde ein paar alte Kommoden besorgen und Stoffbahnen an den Wänden drapieren, sonst sähe es hier zu kahl aus. Oder lieber ein paar ihrer Gemälde aus dem Gastraum in den Zimmern hier aufhängen? Die Hochzeitsgäste sollten sich auf jeden Fall wohlfühlen.

Julia griff erneut zum Hörer, um Matratzen und Betten woanders zu bestellen. Das wäre auf dem Festland problemlos möglich. Aber alle Händler winkten ab, als sie hörten, dass die Ware auf die Insel geliefert werden sollte. Dazu brauchte man einen Fährplatz für den Lieferwagen, der in der Hauptsaison schwer zu bekommen war, und das Ganze kostete Zeit – Zeit, die sie nicht hatte.

Julia war verzweifelt: Die Hochzeitsgäste würden auf jeden Fall anreisen, Betten und Matratzen anscheinend nicht. Sie hielt sich ihr Handy aufs Herz und überlegte: Vielleicht sollte sie Anita schonend beibringen, dass ihre Gäste doch besser in Ferienwohnungen und Pensionen untergebracht werden sollten als im kleinen Friesencafé?

In diesem Moment hörte sie vom Garten her ein röchelndes Geräusch. Sie spitzte die Ohren. War das ein Tier? Es hörte sich nach einem *riesengroßen* Tier an.

Solche Lebewesen gab es auf Föhr nicht, abgesehen von Pferden und Kühen.

Sie sah hinaus und bekam vor Aufregung einen trockenen Mund: Auf dem Rasen vor dem Geräteschuppen lagen drei menschliche Körper, regungslos.

3

Hark schlenderte mit Anita auf der Krone des Oldsumer Deiches entlang. Es kam ihm vor, als wanderten sie direkt in die ockerfarbenen Wolken hinein. Mit dem Daumen streichelte er sanft ihre Hand. Anita hatte sich ihre dunkelrote Lederjacke übergezogen, die ihr hervorragend stand. Die Flut lief gerade auf.

Anita lächelte ihn von der Seite an. Was für eine Frau, eine bessere konnte es auf dieser Welt nicht geben! Es war ein Wunder, dass sie sich getroffen hatten. Er liebte alles an ihr, ihre Stimme, ihren Humor, die aufblitzenden Augen, ihren sinnlichen Mund.

«Dieser Himmel sieht toll aus, aber irgendwie auch fremd», sagte sie.

«Ein netter Gruß aus Afrika.» Hark hatte dieses Phänomen das letzte Mal im Südatlantik an Bord seines Containerfrachters erlebt, als ein starker Ostwind Massen an Saharasand übers Meer blies.

«Ich freue mich schon, wenn wir die Sahara direkt vor uns sehen», sagte Anita. Sie planten, auf ihrer Hochzeitsreise mit Harks altem Ausflugsdampfer, der *MS Nordsand*, von Wyk den Nil hinunterzufahren.

«Wir müssen nur die Hochzeit hinter uns bringen.»

«Hey, das klingt, als sei das Fest eine Last für dich.»

«Nein, ich freue mich riesig darauf, was denkst du? Aber auf die Reise mindestens genauso sehr, das ist doch klar.»

«Apropos, wir müssen unsere Feier noch mal genau durchgehen. In drei Wochen ist es schon so weit.»

«Du hast recht», seufzte er.

«Wie weit bist du mit den Einladungen? Wer kommt alles von dir?»

«Ehrlich gesagt, könnte ich mir auch eine kleine Zeremonie vorstellen», er blickte hinüber zur Nachbarinsel Sylt, deren Dünen hell leuchteten.

«Klein, aber fein?»

Er nickte. «In unserem Alter ...»

Immerhin waren sie beide schon achtundsechzig.

«Was soll *das* denn heißen?»

«Na ja, bei uns geht es ja nicht mehr darum, eine Familie zu gründen.»

«Nicht?» Sie sah ihn erstaunt an.

«Du meinst, wir beide sollten ...?»

Anita zog die rechte Augenbraue hoch. «Denkst du, das geht nicht mehr?»

«Irre ich mich?», stammelte er verwirrt.

«Wir verhüten beide nicht, schon vergessen?»

Hark fragte sich für einen Moment ernsthaft, was inzwischen mit moderner Biotechnik möglich war, da hörte man immer wieder Unglaubliches. «Du willst ein Kind von mir?»

«Wollen schon.» Sie gab ihm einen Kuss und lachte.

«Kleiner Witz, schon gut! Obwohl es andererseits auch schade ist. – Wie würdest du unser Kind nennen, wenn es ein Mädchen wäre?»

«Das ist jetzt sehr hypothetisch …»

«Egal.»

«Anita.»

Sie schüttelte den Kopf. «So hieße ja schon die Mutter.»

«Es ist für mich einfach der schönste Name der Welt.»

«Da habe ich ja Glück gehabt.»

«Sowieso.»

«Und falls es ein Junge wird?»

«Jan.»

Anita überlegte einen Moment. «Gebongt.»

«Wir heiraten ja nicht wegen der Kinder, oder?»

«Sondern?»

«Aus Liebe?»

«Das will ich meinen», flüsterte sie. Dann küssten sie sich. Anschließend gingen sie weiter den Deich entlang und machten Selfies von sich vor dem gelben Himmel.

«Mit der Hochzeit wachsen auch unsere Familien und Freunde zusammen», erklärte sie feierlich.

«Julia ist jetzt schon wie eine Tochter für mich.»

«Obwohl du sie zu Anfang nicht besonders freundlich behandelt hast.»

Da hatte sie leider recht. Er hatte darauf bestanden, dass die Scheune neben seinem Haus ein Ort der Ruhe blieb. Julia war mit ihren Malutensilien und Staffeleien dort eingezogen, um ein Atelier zu eröffnen, später war daraus ein Café geworden. Was Hark anfangs mit aller

Kraft verhindern wollte. Aber wie das Leben so spielte, hatte er dabei Julias Großmutter Anita kennen- und lieben gelernt. Was ihm entgangen wäre, mochte er sich gar nicht ausmalen!

«Das waren ganz andere Zeiten!», grummelte er. «Also, was müssen wir für unsere Hochzeit noch tun?»

«Ich möchte eine rauschende Party wie Esther und Roland feiern.»

Das erste Fest, das Julia im kleinen Friesencafé ausgerichtet hatte, war legendär gewesen, auf der Insel sprach man immer noch davon. Julia hatte den Garten mit Hunderten bunten Lampions geschmückt, eine Insulanerband hatte abwechselnd Heavy Metal und Folk gespielt, in einem Foodtruck waren die besten Hamburger der Welt gebrutzelt worden. Seitdem konnte sich Julia vor Anfragen kaum retten.

«Das war eine Scheidungsparty, wenn ich dich erinnern darf», brummte Hark.

Sie zuckte mit den Achseln. «Auf der Esther und Roland wieder zusammengefunden haben.»

«Stimmt.»

«Natürlich feiern wir eine Riesensause, bis es kracht, mein Harkyboy. Aber das ist nicht alles.»

«Was noch?», fragte Hark vorsichtig nach.

«Ich möchte, dass sich deine und meine Leute kennenlernen.»

«Das werden sie bestimmt.»

«Dann sind wir uns ja einig. Ich wünsche mir nämlich, dass unsere Hochzeit mindestens eine Woche dauert.»

«Sieben Tage feiern? Das klingt sportlich.»

Er befürchtete, dass ihm alles über den Kopf wuchs, aber das sprach er nicht aus.

«Unsere Gäste können im Weber-Haus wohnen.» Das Reetdachhaus der Webers lag direkt gegenüber von ihrem und stand seit Kurzem leer. «Julia ist schon dabei, die Räume hübsch herzurichten.» Anitas Augen leuchteten. «Im Garten bauen wir eine lange Tafel auf, da treffen sich dann alle.»

«In Ordnung.»

«Wer weiß, vielleicht ergeben sich auch ein paar neue Liebschaften.»

«An wen denkst du da speziell?»

Sie überlegte kurz. «Von meiner Seite aus kann ich Ramona, Renate und Willy anbieten, die sind alle Singles. Hättest du jemanden für sie?»

«Die üblichen Insulanerinnen und Insulaner halt.»

«Was ist mit deiner Familie?»

Auf Föhr lebten ein paar entfernte Verwandte von ihm, Großcousinen und -cousins, in den USA gab es noch seinen Neffen Henry Paulsen. Dessen Vater, sein Bruder Brar, war dreißig Jahre älter als Hark gewesen. Brar und seine amerikanische Frau Nancy waren längst verstorben. Im Lauf der Jahrzehnte hatten sich Henry und Hark leider aus den Augen verloren. Er hatte vergeblich versucht, seinen Neffen übers Internet zu kontaktieren, aber er war nicht aufzufinden gewesen. Hatte er vielleicht den Namen gewechselt? In New York und auf Long Island lebte eine Kolonie von Föhr-Auswanderern, von denen er einige kannte. Hark hatte sie gebeten, sich nach Henry umzuhören.

Anita legte eine kleine Decke auf dem Deich aus und ließ sich darauf nieder. Hark setzte sich auf Tuchfühlung hinter sie.

«Du bist das pure Glück für mich», flüsterte er.

«Und du für mich.»

Anita hatte recht, fand er, es wäre schön, wenn ihre Gäste mehr Zeit füreinander hätten als nur den Hochzeitsabend. Er freute sich sehr darauf, Freundinnen und Freunde aus aller Welt wiederzusehen. Seine Gedanken gingen in die Zeit zurück, als er Kapitän auf hoher See war und die Frachter noch ein paar Tage Liegezeit in den Häfen hatten. Damals war Schiffsausrüster Kimya in Kenia sein Freund geworden. Harks *Eleanore II* musste mit einem Maschinenschaden zwei Wochen zur Reparatur im Hafen von Mombasa liegen. Kimyas Tochter Gloria hatte ihn auf ein Festival mit afrikanischer Rockmusik mitgenommen, dort spielte Youssou N'Dour, den in Afrika und Europa viele kannten, er aber nicht. Seine Musik hatte Hark gefallen, er besaß inzwischen alle Platten von ihm – die meisten davon auf Vinyl! Kimya und er hatten die Jahre danach immer mal wieder telefoniert, sich geschrieben und sich in Kairo getroffen, wenn er dort anlegte. Nun hatten er und Gloria tatsächlich für seine Hochzeit zugesagt! Noch heute würde er ihnen mailen, dass sie gerne früher anreisen konnten. Genauso wie sein langjähriger Steuermann Pavel, der mittlerweile in Prag lebte.

Während Hark dicht hinter Anita die auflaufende Flut beobachtete, sah er sich auf der Fahrt durch den Panamakanal. Nach Wochen auf grauer See durch den üppigen Dschungel zu fahren, war beeindruckend gewesen. Mumbai kam ihm vor Augen, die vielen freundlichen Menschen, die er dort getroffen hatte. Überhaupt gab es eine starke Verbindung unter Seeleuten, auf hoher See musste man sich aufeinander verlassen können.

«Bist du einverstanden?», fragte Anita.

«Womit?»

«Dass unsere Feier eine Woche vorher beginnt?»

«Ja.»

Anita drehte sich zu ihm. «Das wird das schönste Fest aller Zeiten.»

Hark sah die Tafel im Garten des kleinen Friesencafés vor sich, an der seine und Anitas Freunde säßen, alle wären neugierig aufeinander. Zwischendurch zögen Gäste, die sich gerade erst kennengelernt hatten, zusammen zum Deich, um ein Bad in der Nordsee zu nehmen. Während sie gemächlich durchs Wasser schwämmen, unterhielten sie sich angeregt weiter, bevor sie sich nebeneinander auf dem Wasser treiben ließen. Anita hatte vollkommen recht, es würde das schönste Fest aller Zeiten werden.

Plötzlich zuckte sie zusammen. «Und wo soll unsere Trauung stattfinden?»

«Auf dem Standesamt in Wyk, dachte ich.»

«Bitte nicht, das ist viel zu nüchtern. Wir sollten etwas anderes finden.»

Sie zogen ihre Schuhe aus und gingen vom Deich hinunter und von dort ein paar Schritte ins Watt hinein. Der glitschige Boden fühlte sich warm und weich an.

«Grandios», sagte Anita. «Kaum zu glauben, dass wir uns hier auf dem Meeresboden befinden.»

Hark nahm ihre Hand. «Wahnsinn, oder?»

«Du kennst dieses Gefühl ja von frühester Jugend an.»

«Trotzdem ist es immer wieder etwas Besonderes.»

«Und wir sind auch etwas Besonderes.»

«Natürlich. Worauf willst du hinaus?»

«Sollen wir nicht im Watt heiraten?», fragte sie. «Das würde ich toll finden.»

«Warum nicht?»

«Lass uns Ausschau nach einer Sandbank halten.»

«Und was machen wir bei Flut?»

«Die Gezeiten müssen wir eben vorher checken.»

Hark gefiel die Idee. Aber dafür musste noch einiges mehr organisiert werden, als wenn sie in einer gewöhnlichen Amtsstube im Rathaus geheiratet hätten.

Sie wanderten über den geteerten Sörenswai vom Seedeich zurück in ihr geliebtes Inseldorf. Links und rechts im Graben raschelte das Schilf, dessen Halme jetzt, im Frühjahr, wieder grün wurden. Die Sonne schien durch den gelben Wolkenhimmel und leuchtete die Weite der Marsch voll aus.

Im Wohnzimmer öffnete Hark eines der Sprossenfenster mit den kleinen Scheiben, warme Frühlingsluft strömte herein. Über dem Garten lag ein Dunstschleier. Die

Sonne beschien all die zarten Blumen und Gemüsesorten, die langsam durchkamen. Ein Libellenpärchen hielt vor den lila Hyazinthen inne und zog dann weiter zum Bohnenkraut. Die Kräuter auf dem Hochbeet verströmten ihren ganz eigenen Duft: Zu Thymian, Fenchel, Petersilie und Mooskrause kamen Dill, Kerbel, Basilikum, Majoran, Schnittlauch und Melisse. Es war unglaublich still hier, wenn man von den gelegentlichen Rufen der Austernfischer und dem fröhlichen Gesumse der Insekten einmal absah.

Anita setzte sich zu Hark auf die Couch. «Soll ich uns einen Tee aufbrühen?»

«Lass mal, das übernehme ich. Wonach ist dir? Earl Grey? Jasmin? Chai?»

«Chai.»

Er zuckte zusammen. Nicht wegen Anitas Teesorte, sondern wegen des laut röchelnden Geräusches von draußen, das absolut nicht in die Stille passen wollte. «Was ist das?», flüsterte er.

«Ein Tier? Vielleicht ein Wildschwein?»

«Die gibt es auf Föhr nicht.»

Sie versuchten ganz flach zu atmen, um besser zu hören. Das Wesen schien etwas zu erschnüffeln – war es ein Dachs? Nein, Dachse hörten sich anders an. Auf jeden Fall musste es groß und schwer sein.

Sie schauten sich fragend an und schlichen auf Zehenspitzen zum offenen Fenster. Der Garten zeigte das gewohnte Idyll, Blumen, Kräuter und die große Rasenfläche. Es war nichts Ungewöhnliches zu erkennen.

Da war es wieder, das seltsame Geräusch. Harks Blick ging zum Rhododendronbusch. Was er dort entdeckte, versetzte ihn in Alarmzustand. Im Gras lag eine dünne Frau mit blond gefärbten Haaren. Es sah nicht so aus, als ob sie noch lebte.

«Da liegt wer», stellte er so ruhig wie möglich fest. Seine Stimme zitterte, das konnte er nicht verhindern.

«Wie kann das sein?» Anita presste sich an ihn.

«Eine Frau», wiederholte er.

«Und?»

«Sie bewegt sich nicht.»

«Tot?»

Er zwang sich, noch einmal genauer hinzuschauen. «Ich denke ja.»

Anita hielt sich die Hand vor den Mund. «Oh Gott, da liegen noch mehr!»

Die Körper waren hinter den Pflanzen kaum zu erkennen, man sah nur die reglosen Füße. Es war nicht zu leugnen: Neben dem Beet lagen zwei weitere Leichen.

«Wie kommen die hierher?»

«Heute ist doch Ruhetag!», rief Hark. Den unfreiwilligen Witz bemerkte er gar nicht.

Anita fing sich als Erste wieder. Alle Krimis, die sie je gesehen hatte, schossen ihr gleichzeitig durch den Kopf. Es war jedoch etwas anderes, wenn sich der Tatort direkt im eigenen Garten befand.

«Polizei», murmelte sie.

«Ich schaue mir das erst mal genauer an», sagte Hark.

«Besser nicht! Unser Garten ist jetzt ein Tatort! Wir

dürfen nichts anfassen, das darf nur die Spurensicherung.»

«Stimmt. Aber lass uns trotzdem nachsehen.»

«Ich habe lange genug Trauerfloristik gemacht», erklärte sie. Anita war jahrzehntelang Besitzerin eines Gelsenkirchener Blumengeschäfts gewesen, bevor sie nach Föhr gezogen war. «Da habe ich einiges gesehen. Mit den letzten Dingen kenne ich mich aus.»

Es sollte souverän klingen. Was würde sie gleich erwarten? Bilder, die sie womöglich nie wieder aus ihrem Kopf bekäme?

«Zusammen?», schlug er vor.

Ihr fiel ein Stein vom Herzen, auch wenn sie sich bemühte, das nicht zu zeigen. «Wenn du darauf bestehst.»

Sie fassten sich an der Hand und öffneten behutsam die Terrassentür.

4

Julia öffnete die Hintertür des kleinen Friesencafés und schlich hinaus in den Garten. Zeitgleich kamen Anita und Hark aus ihrem Haus nebenan. Sie blickten sich fragend an. Alle drei zögerten, weiterzugehen. Vor dem Rhododendronbusch lagen eindeutig zwei Frauen und ein Mann auf dem Rasen. Er trug, genau wie eine der Frauen, Hawaiihemd und dazu eine weiße Schlaghose, wie sie in den Siebzigern modern gewesen war.

«Was ist da passiert?», flüsterte Anita entsetzt.

Julia zuckte mit den Achseln. In diesem Moment hörten sie erneut das röchelnde Geräusch. Da schnarchte jemand in Frequenzen, die Julia noch nie von einem menschlichen Wesen wahrgenommen hatte. Wenigstens war die Person noch am Leben!

Plötzlich lachte Anita laut auf. «Mensch, Kinders, das sind Ramona, Renate und Willy!» Sie klatschte in die Hände.

Hark hob fragend eine Augenbraue.

«Meine alten Freunde aus Gelsenkirchen!»

Neben dem Geräteschuppen entdeckten sie drei Reisekoffer – waren sie etwa jetzt schon zur Hochzeit gekommen? Drei Wochen zu früh?

In diesem Moment öffnete eine der Frauen die Augen. Ihre kurzen grauen Haare waren in alle Richtungen verwirbelt, sie sah müde aus. Ein Lächeln huschte über ihr Gesicht. «Da seid ihr ja», murmelte sie schlaftrunken. «Wo wart ihr bloß?» Sie wandte sich an ihre Freunde. «Aufwachen, sie sind da!»

«Hallo, Ramona», murmelte Anita.

Jetzt regten sich auch Renate und Willy und blinzelten sie an. Renate war eine kleine füllige Frau mit hochtoupierten blondierten Locken. Sie trug zum Hawaiihemd gewagte Leggings mit Leopardenmuster, in ihrem Haar steckte eine Sonnenbrille.

Willy war ein kräftiger Kerl mit Glatze und klobigen Handwerkerhänden. Für Julia war es das vertraute Trio, das Anitas Gelsenkirchener Blumenladen für sie zu einem zweiten Zuhause gemacht hatte. Ihre Oma und sie hatten sie immer liebevoll ihre «Mitbewohner» genannt, im «Blumenhaus Koslowski» gehörten sie praktisch zum Inventar. Da sie die Abläufe im Geschäft bestens kannten, bedienten sie manchmal auch. Und wenn Julia und Anita in die Ferien fuhren, führten die drei den Laden vertretungsweise.

«Julia!», rief Renate. «Hallo, mein Anitalein.» Dann blickte sie Hark an. «Und du bist Anitas Flamme, nehme ich an?»

«Flamme» gefiel Hark gar nicht. Das klang für ihn nach flüchtiger Bekanntschaft, nicht nach zukünftigem Bräutigam!

«So ist es», bestätigte Anita.

«Du weißt ja, die Ehe ist der Versuch, zu zweit mit Problemen fertigzuwerden, die man alleine nie hätte», prustete Willy los.

Hark schwieg.

Die drei richteten sich mühsam auf und umarmten Anita und Julia. Dann wollten sie dasselbe mit Hark machen, aber dem ging das zu schnell. Er hielt ihnen die ausgestreckte Hand entgegen. «Moin.»

«Wo kommt ihr her?», rief Julia.

«Hör bloß auf», greinte Willy und setzte sich seine Sonnenbrille auf. «Der Zug aus Husum hatte Verspätung, dadurch haben wir die letzte Fähre verpasst. Wir haben auf dem Deich geschlafen und sind dann mit einem der ersten Schiffe hierhergekommen.»

«Aber warum habt ihr nicht vorher angerufen?», fragte Anita.

«Wir wollten dich überraschen.»

«Na, das ist euch gelungen.»

«Ihr habt doch in der Einladung geschrieben, dass ihr ein Gästehaus habt», sagte Willy.

«Das ist bloß noch nicht ganz eingerichtet …», sagte Julia.

«Macht nichts. Ich würd einfach gerne noch ein bisschen weiterschlafen.»

Julia dachte fieberhaft nach. In den leeren Räumen des Weber-Hauses fehlte alles, Betten, Matratzen, Schränke.

«Kein Problem, wir beziehen fürs Erste *unser* Bett für euch», schlug Anita vor und lächelte Hark aufmunternd zu. Der war alles andere als begeistert.

«Und wo schlaft ihr dann?», erkundigte sich Ramona.

«Auf unserem Schiff», sagte Anita.

Hark nickte. «Gute Idee.»

«Auf gar keinen Fall!», protestierte Ramona schwach. Eine andere Idee hatte sie aber auch nicht.

«Wie wäre es mit einem Kaffee?», fragte Julia.

«Für mich bitte koffeinfrei», bat Ramona. Sie arbeitete immer noch halbtags als Physiotherapeutin und war sehr gesundheitsbewusst.

Die drei setzten sich an einen Tisch im Garten und schwiegen hartnäckiger als die verschwiegensten Inselfriesen. Julia kannte sie ganz anders. Im Blumenhaus erfüllten sie jedes Klischee von Ruhrpottlern, sie redeten viel und mischten sich liebend gerne in Kundengespräche ein. Aber auf eine liebevolle Art, sie hatten das Herz auf dem rechten Fleck.

Julia nahm ihre Oma beiseite. «Sollen die wirklich in eurem Schlafzimmer schlafen?»

«Na ja, was bleibt uns anderes übrig?»

«Am besten, wir suchen eine Pension für sie.»

Anita schüttelte den Kopf. «So dicke haben sie es nicht. Außerdem sollen unsere Hochzeitsgäste zusammenbleiben, wo sie schon mal hier sind.»

«Okay, ich sehe zu, was sich machen lässt.»

Julia zückte ihr Handy und rief jeden auf der Insel an, den sie kannte, um nach Betten und Matratzen zu fragen. Aber keiner konnte ihr helfen, was zu erwarten gewesen war: Auf Föhr stand die Vermietung von Wohnungen und Zimmern ganz oben auf der Liste der Einnahmequellen, besonders zu Beginn der Saison. Wer konnte da schon Matratzen entbehren?

Kurz entschlossen sprang Julia in ihren Wagen, um direkt die Leute abzuklappern, vielleicht brachte das ja mehr. Sie fuhr auch zu denen, die sie eigentlich kaum kannte, zum Beispiel Bademeister Thomas Thorvaldsen im Wyker Wellenbad. Es war bekannt, dass Thomas nebenbei Ferienwohnungen verwaltete.

An der Kasse saß die strenge Ute aus Midlum.

«Ich müsste kurz mal mit Thomas schnacken», bat Julia.

«Das kannst du gerne, aber nur mit Eintrittskarte. Ohne kann ich dich leider nicht reinlassen.»

«Im Ernst?»

«Ja.»

Dass es so etwas Stures auf der Insel gab! Sonst galt auf Föhr durchgängig «leben und leben lassen».

«Hast *du* vielleicht drei Matratzen für mich?», fragte Julia.

Ute starrte sie verständnislos an. «Was?»

Zum Glück tauchte in diesem Moment Thomas auf und erlöste sie. Aber auch er musste passen, er hatte keine Matratze über.

Als Nächstes fuhr Julia zu Antonio in die Wrixumer Pizzeria, den kannten alle auf der Insel. Er begrüßte sie mit Wangenküsschen, bot ihr ein Glas Rotwein an, aber Matratzen hatte er auch keine.

Julia begab sich zum Surfcamp mit seinen Bretterbuden und dem kleinen Kiosk, den Finn-Oles Cousin Thore betrieb. Er war wie immer braun gebrannt und wunderte sich, sie tagsüber hier zu sehen.

«Soll ich dir einen Latte macchiato machen?»

«Nee danke, keine Zeit.»

«Bist du in Eile?» Er grinste. «Wir sind hier doch nicht in Flensburg.»

Das war für Insulaner die nächste «Metropole», mit 90 000 Einwohnerinnen und Einwohnern.

Eigentlich trank Julia gerne mal einen Kaffee in den Dünen, vom Surfcamp konnte man über das Wasser direkt auf die Nachbarinsel Amrum sehen. «Bei uns sind die ersten Hochzeitsgäste aufgelaufen, ich brauche dringend Matratzen.»

«Wie, jetzt schon? Hast du mal bei Thomas im Wellenbad gefragt?»

«Ja, und bei Antonio war ich auch schon.»

Thore rieb sich das Kinn. «Dann fällt mir sonst nur Gonzo ein, der kommt viel rum.»

Der bullige Krabbenfischer hatte auf dem ersten Fest, das Julia im kleinen Friesencafé veranstaltet hatte, in der Band mitgespielt. Er war ein Meister an der Mundharmonika und ebenso an der E-Gitarre.

«Er ist vor zwei Tagen mit seinem Kutter ausgelaufen.»

Julia tippte Gonzos Nummer in ihr Handy.

«Moin», meldete sich seine Stimme.

Im Hintergrund war das Tuckern des Bootes zu hören.

«Moin, Gonzo, Julia hier.»

«Wie sieht es aus mit frischen Krabben?», fragte er. «Meine Netze sind prallvoll.»

«Sonst gerne, aber heute brauche ich Matratzen.»

«Habe ich gerade nicht fangfrisch an Bord.»

Er war auf dem Weg nach Husum, um seinen Fang anzulanden, wollte wegen der einsetzenden Ebbe aber erst am nächsten Morgen zurückfahren. «Ich kann aus Husum welche mitbringen, wie viele sollen es sein?»

«So viele du auftreiben kannst, mindestens drei, besser zehn. Auf meine Rechnung, versteht sich.»

«Sonst noch was?»

«Bettgestelle, können auch gebraucht sein.»

«Irgendetwas Besonderes?»

«Was du kriegen kannst.»

«Alles klar.»

«Du würdest uns sehr aus der Patsche helfen.»

«Kein Ding.»

Die Zimmer des Hauses gegenüber waren komplett leer, es würde eine Menge Arbeit werden, alles für die Hochzeitsgäste gemütlich herzurichten. Aber sie hatte es ihrer Oma fest versprochen, und Geld spielte in diesem Fall keine Rolle, wie Anita betonte. Es sei vielleicht das letzte große Fest, das sie in ihrem Leben feiern würden, da schaue man nicht aufs Geld. Langsam dämmerte Julia, was sie da auf sich genommen hatte.

5

Normalerweise war der Garten hinter dem kleinen Friesencafé ein Ort der Ruhe und Entspannung. Doch als Julia ihn heute betrat, erkannte sie ihn kaum wieder. Einige Gäste malten an den dort aufgestellten Staffeleien, andere dösten auf einer Liege. Davon abgesehen, hatte sich der Garten in eine Art friesischer Ballermann verwandelt. Renate, Ramona und Willy hatten ausgeschlafen und waren offenbar topfit.

Sie hatten an einem Tisch in der Mitte Platz genommen. Vor ihnen stand eine geöffnete Flasche Sekt.

«Stößchen», rief Willy. Es klang wie ein Befehl, der an den Wänden der umstehenden Reetdachhäuser widerhallte. Julia erschrak, andere Gäste auch.

Renate ließ sich nicht lumpen. «Stößchen», kam es genauso laut von ihr zurück. Julia war überhaupt keine «Stößchen»-Sagerin, genau genommen hasste sie kaum ein Wort mehr. Was das Trinken anbelangte, hielt sie sich normalerweise an die «Kein-Alkohol-vor-sechs-Uhr-Regel». Die wurde jetzt von Renate außer Kraft gesetzt.

«Wo sind denn Anita und Hark?», erkundigte sich Julia.

«Hark ist auf seinem Schiff, und Anita ist zum Einkaufen nach Wyk gefahren.»

Hatte Anita das Friesencafé etwa alleine gelassen? Sie half Julia manchmal beim Dienst aus, aber eigentlich gab sie immer Bescheid, bevor sie ging.

«Wir übernehmen in der Zeit die Bedienung!», sagte Willy. «Was willst du?»

«Danke, wenn, nehme ich es mir selber», antwortete sie genervt. Es war immerhin noch *ihr* Café!

Kurze Zeit später stand die zweite Flasche auf dem Tisch. Willy hatte sie, ohne zu fragen, aus dem Kühlschrank genommen.

«Stößchen!»

«Stößchen!»

«Stößchen!»

Die anderen Gäste starrten sie missmutig an, was die Ruhrpottler komplett ignorierten. Wattführer Klaas, der gerne ein Nickerchen auf der Liege unterm Baum machte, öffnete irritiert die Augen.

«Na, ausgeschlafen oder abgebrochen?», rief Renate ihm entgegen.

Julia war erstaunt. Anitas Freunde wirkten wie ausgewechselt. Wo war nur ihre Müdigkeit geblieben? Im Prinzip hatte sie nichts dagegen, wenn in ihrem Café Sekt getrunken wurde – aber gegen Selbstbedienung an der Bar war sie allergisch! Und woher kam dieser Hang, alles zu kommentieren? Auch das Bild, das ein älteres Paar gerade an der Staffelei malte, ließen Anitas Freunde nicht aus.

«Na, ein Picasso ist noch nicht vom Himmel gefallen, was?» Willy schlug dem Mann lachend auf die Schulter.

Als dem peinlich berührt das Gesicht einfror, schob Willy tröstend hinterher: «Ist ja auch egal, wer mag schon das moderne Gekrakel?»

Während Julia noch darüber nachdachte, ob es sich vielleicht um Ironie handelte, ertönte das böse S-Wort in immer kürzeren Abständen, jetzt sogar in doppelter Lautstärke:

«Stößchen!»

«Stößchen!»

«Stößchen!»

Es kam noch schlimmer, als sich Willy mit seinem Handy per Bluetooth in die Musikanlage einloggte. Normalerweise war diese Technik vor 95 Prozent aller Rentner über siebzig sicher, aber das betraf nicht Elektromeister Willy. Über die Boxen dröhnte nun ein Stück von den Les Humphries Singers, das Julia auswendig kannte: «Mamamamamalou ...» Die Les Humphries Singers waren eine Musikgruppe aus den Siebzigern des letzten Jahrhunderts gewesen, bei denen auch der später berühmt gewordene Schlagersänger Jürgen Drews mitgesungen hatte. Die Interpreten waren stets quietschbunt gekleidet und rissen beim Tanzen immer die Arme hoch. Diese simple Choreografie sah aus heutiger Sicht ziemlich unbeholfen aus, ging damals aber als cool durch. Julia erinnerte sich, dass die Les Humphries Singers die absolute Lieblingsband der drei Freunde war, sie hatten sie oft im Blumengeschäft im mitgebrachten Kassettenrekorder eingelegt: «We'll Fly You to the Promised Land», «We Are Goin' Down Jordan», «Old Man Moses», «Mexico», «Mama Loo», «Kansas City». Julia kannte sie alle auswendig.

Willy schob nun die Lautstärke bis zum Anschlag hoch, woraufhin Renate und Ramona aufsprangen, um auf dem Rasen loszutanzen – wie ihre Vorbilder aus den Siebzigern. Bei Renate sah es nicht ganz so jugendlich aus, sie hatte es mit den Schultern. Aber das war ihr egal, was Julia schon wieder sympathisch fand: Die Willys, wie sie sie nannte, ließen sich ihren Spaß nicht nehmen!

Stammgast Urs stöhnte auf. «Geht das nicht etwas leiser?»

Willy baute sich vor ihm auf. Seine Augen waren glasig, er hatte schon einen sitzen. «Kennst du die Les Humphries Singers überhaupt?», fragte er Urs.

«Nein», rief der, angesichts der Musik, die er da gerade zu hören bekam, sichtlich ohne Reue.

«Die Les Humphries Singers sind ein unterschätzter Teil unserer Kulturgeschichte.»

Das war reichlich übertrieben, fand Julia. Die Musik der Band war heute aus der Zeit gefallen, zum Weltkulturerbe zählte sie ganz bestimmt nicht.

Urs blieb skeptisch. «So.»

«Du kommst aus der Schweiz, oder?» Willy klopfte ihm auf die Schulter.

«Ja.»

«Hört man. Und wofür ist die Schweiz berühmt?»

Urs sah genervt aus, er war hier nicht in diplomatischer Mission für sein Land unterwegs, sondern nur

Cafégast. Julia wollte schon eingreifen, aber Urs wusste sich zu helfen. «Sag du es mir», bat er ruhig.

«Käse und Uhren.»

«So ist es.»

«Die Les Humphries Singers haben 1975 einen Werbespot für einen Schweizer Uhrenhersteller aufgenommen, wusstest du das?»

«Welche Marke war das?»

«Solche Werbung gibt es heute gar nicht mehr.» Willy nahm einen großen Schluck aus seinem Glas. «Der Song hieß *It's Timex Time*», er fing an zu singen.

«Timex ist aber eine amerikanische Firma», wandte Urs ein.

«Ist doch egal. Jedenfalls erhielten die Chormitglieder als Dankeschön wasserdichte, stoßfeste Uhren, während der Chorleiter der Les Humphries die Werbesumme alleine kassierte – und nun kommst du!»

Urs blickte auf seine Rolex. «Die Zeit ruft, ich muss leider.» Er stand auf und sah zu Julia. «Kann ich zahlen?»

«Geht aufs Haus», meinte Julia, in der bangen Hoffnung, dass er trotz des Intermezzos in absehbarer Zeit wiederkam.

Was war bloß los mit Anitas Freunden? Vor allem Willy und Renate waren wie ausgewechselt. Allein, dass sie drei Wochen vor der Hochzeit bei ihnen aufgeschlagen waren und selbstverständlich erwarteten, dass Anita sie unterbrachte, war schon ein Unding. Aber jetzt auch noch das kleine Friesencafé in Beschlag zu nehmen, ging zu weit. Willy schlurfte hinter die Theke und machte Anstalten, sich selbstständig einen Schnaps einzuschenken.

«Sorry?», rief Julia.

«Anita hat gesagt, das geht auf sie.»

«Trotzdem muss ich das irgendwie abrechnen.»

«Klar.»

Willy nahm ungerührt eine weitere Flasche Sekt aus dem Kühlschrank und torkelte mit zwei Gläsern zu dem malenden älteren Ehepaar. «Kommt her, ihr sollt nicht verdursten! Außerdem braucht ihr noch mehr Inspiration, das sehe ich doch.»

Was knapp an einer Beleidigung vorbeischrammte.

Als Nächstes kam Wattführer Klaas an die Theke. «Ich hätte gerne einen Manhattan.»

Willy, der wieder an der Bar stand, sah ihn fragend an.

«Das ist das Nationalgetränk auf Föhr», erklärte Klaas.

«Okay, wie geht der?»

«Ich mixe ihn dir», bot Julia an.

«Das übernehme ich gerne», erwiderte Willy.

«Ein Teil weißer und roter Vermouth», erklärte Klaas, «ein Teil Bourbon, etwas Angosturabitter, die Cocktailkirsche kannst du weglassen.»

Willy sah sich suchend hinter dem Tresen um.

«Lass mich das machen», sagte Julia. Aber Willy ließ sich nicht abhalten.

Immerhin bezahlte Klaas seinen Drink, womit er die Ausnahme war.

Im Kopf rechnete Julia diesen Nachmittag mal drei

Wochen: Wenn die Ruhrpottler wirklich bis zur Hochzeit blieben, wäre das finanziell ein Desaster!

Als ihre Oma kurze Zeit später den Garten betrat, schob Julia sie sanft hinüber zu den Blumenbeeten. «Kannst du mir bitte helfen? Willy bedient sich selbstständig an der Bar.»

«Sie sind doch unsere Freunde, das geht klar.»

«Und wovon soll ich leben?», fragte sie.

«Schreib es an, ich übernehme das.»

«Du weißt nicht, wovon du redest, Omma! Das sind etliche Lokalrunden! Willst du das wirklich alles bezahlen?»

Anita lächelte. «Mach dir keine Sorgen, das kriegen wir schon hin.»

Julia kannte ihre Oma im Blumenhaus als toughe Geschäftsfrau, die sich nicht die Butter vom Brot nehmen ließ. Ihre bevorstehende Hochzeit machte sie anscheinend willenlos. «Außerdem stellen sie die Musik viel zu laut, das geht nicht. Und sie kommentieren alles, was die Gäste sagen.»

«Wir Ruhrpottler haben eben ein anderes Temperament.»

«Will sagen?»

«Wir bringen überall Leben in die Bude! Weißt du doch, kommst ja selber von da weg.»

«Aber hier sind wir in Nordfriesland, und nicht alle Insulaner mögen das.»

Anita holte sich einen Schnaps aus dem Kühlschrank. «Reg dich nicht auf.»

Julia stöhnte. Es war ihr schleierhaft, wie sie dieses Chaos bis zur Hochzeit überleben sollte. Zumal sich inzwischen weitere Hochzeitsgäste bei Anita angekündigt hatten, die früher kommen wollten. Föhr war eine Urlaubsinsel, da bot sich das an.

Am späten Abend fuhr Julia an den Nieblumer Strand. Von hier aus hatte sie einen unverstellten Blick über das Wasser bis zur Nachbarinsel Amrum. Sie war ziemlich erschöpft, dabei würden die Hochzeitsvorbereitungen erst noch richtig Fahrt aufnehmen. Der Saharastaub war verschwunden, was beim Sonnenuntergang fast ein bisschen schade war.

Sie setzte sich in den kühlen Sand. Es war dunkel und still, der Nebeler Leuchtturm blinkte. Über ihr breitete sich der Sternenhimmel aus, der für sie jedes Mal ein Wunder war.

Da leuchtete auch schon eine starke Taschenlampe vom Strand gegenüber, ihr Herz pochte sofort schneller:

-- --- · · – ·

Das hieß «Moin», sie blinkte es genauso zurück.

Das Morsen war ein Spaß von ihr und Finn-Ole, seit er drüben auf Amrum wohnte. Aber natürlich wollte sie auch seine Stimme hören. Eine Sekunde später klingelte ihr Handy.

«Moin, meine Liebste», kam es durch den Hörer.

«Moin, mein Liebster.»

«Wie geht es dir?»

«Mit dir würde es mir besser gehen.» Sie ließ sich

mit dem Rücken in den Sand fallen und schaute in die Sterne.

«Mir auch.»

Dann erzählte sie von den Ereignissen im Café, mit Finn-Ole konnte sie sogar darüber schmunzeln.

«Bleibt das so, wenn ich nächstes Wochenende komme?», fragte er.

«Im schlimmsten Fall ja.»

«In eine Kneipe wie deine würde ich auf jeden Fall gehen wollen.»

«Es ist keine Kneipe, es ist ein Café. Aber wieso?»

«Alles umsonst und super Stimmung.»

Das gemeinsame Lachen tat gut.

Leider blieb es für Julia nur eine kurze Atempause.

6

Am nächsten Tag saß Hark frühmorgens auf dem Vorderdeck seiner Nordsand und blinzelte in die Sonne. Die typischen Farben der Insel, Grün, Rot und Blau, die Julia auf den Schornstein gemalt hatte, leuchteten auf. Eine Brise versetzte das Schiff an seinem Liegeplatz im Wyker Hafen in leichte Schwingungen. Alles war gut – eigentlich.

Die letzte Nacht hatte er mit Anita in der gemütlichen Koje verbracht, die er für sie beide gebaut hatte. Mit ihr zusammen schlief er tiefer und länger, und das Aufwachen neben ihr war traumhaft. Leider hatte die Zeit für ein gemeinsames Frühstück nicht gereicht, Anita wollte ihre Freunde im kleinen Friesencafé im Blick behalten. Hafenmeisterin Wiebke hatte sie in ihrem Wagen nach Oldsum gebracht. Hark blieb an Bord, ihn zog gerade nichts ins kleine Friesencafé. Er hoffte nur, dass seine eigenen Hochzeitsgäste bald eintrafen, damit er den «Willys» nicht länger alleine ausgesetzt wäre. Er brauchte Verstärkung.

Wenn alle Gäste erst einmal da wären, würde es im Nachbarhaus ziemlich voll werden: Neben Schiffsausrüsterin Gloria aus Kenia und ihrem Vater Kimya sowie

Steuermann Pavel, der aus Prag angereist kam, hatte sich ebenfalls Harks ehemaliger Reeder Janwillem van Sloten mit Frau Marijke aus Rotterdam angekündigt – alle freuten sich auf die Hochzeit. Und tatsächlich hatten ein paar Föhrer Auswanderer inzwischen Harks gleichaltrigen Neffen Henry in New York aufgetrieben: Er hatte gemailt, dass er kommen würde! Auf ihn war Hark am meisten gespannt.

Harks Freunde und Verwandte würden zusammen mit Anitas Gästen im Nachbarhaus wohnen. Aber würden sich seine Leute mit den Willys verstehen?

Eine gute halbe Stunde später kam Gonzo mit seinem Krabbenkutter *Jette* in den Hafen getuckert und machte am Liegeplatz direkt vor Hark fest. Der vollbärtige Fischer würde auf der Hochzeit mit seiner Band aufspielen, darauf freuten Hark und Anita sich sehr. Die Fering Scorpions war wohl die einzige Musikgruppe in der Welt, die ihre und seine Lieblingsmusikstile, Folk und Heavy Metal, vereinten, und beides leidenschaftlich!

«Den Fang habe ich dabei!», rief Gonzo und deutete auf einen Stapel eingeschweißter Matratzen an Deck. «Alles frisch aus Husum.»

«Super, danke.»

«Nimmst du sie gleich mit?»

«Nee, die passen nicht in meinen Wagen, Julia holt sie später mit ihrem Kombi ab.»

«Und, was machen die Willys?» Gonzo grinste. Anscheinend hatte sich die Ankunft der drei schrägen Vögel aus dem Ruhrpott schon bis auf seinen Kutter rumgesprochen.

«Hoffentlich schlafen», brummte Hark.

Ja, Anitas Stößchen-Freunde aus dem Friesencafé waren längst Inselgespräch. Das alte Sprichwort erwies sich erneut als wahr: Wer den Schaden hatte, brauchte für den Spott nicht zu sorgen!

«Schon beim Frühstück wird gelacht?»

«Jo», sagte Hark knapp.

«Du solltest ein Machtwort sprechen.»

Hark schüttelte den Kopf. «Wie stellst du dir das vor? ‹Liebe Leute, vor zehn sind keine Witze erlaubt›?»

«Warum nicht?»

«Es sind Anitas Freunde, da kannst du nichts gegen machen.» Er blickte in den Himmel. «Ich frage mich langsam, ob das alles sein muss.»

«Du meinst das mit Anita?» Gonzo sah ihn entsetzt an.

«Nein, natürlich nicht! Aber muss die Hochzeit wirklich so groß werden?» Es tat gut, das auszusprechen, vor Anita traute er sich das nicht.

«Mensch, Hark, du hast ein paar Mal Kap Hoorn umrundet, da navigierst du dich auf deiner Hochzeit erst recht durch.»

«Ohne Echolot und Kompass?»

Hark saß in der Zwickmühle: Anitas Freunde waren auch seine Freunde, jedenfalls im Idealfall. Die Dauerparty der Willys im kleinen Friesencafé war aber für ihn zu viel des Guten. Renate, Ramona und Willy sollten ihn ruhig für einen typischen friesischen Kapitän halten, der kaum ein Wort rausbrachte, diese Rolle spielte er liebend gerne.

Da klingelte sein Handy, im Hintergrund dröhnte die Musik der Les Humphries Singers, die hatte er ewig nicht gehört.

«Du musst schnell kommen», bat Anita, «meine Freunde vergraulen Julia die Gäste.»

«Was kann ich dagegen tun?»

«Sie einpacken und mit der Nordsand auf hohe See bringen.»

«Darf ich sie auf einer Sandbank entsorgen und dann wegfahren?» Hark fühlte sich ihr in diesem Moment sehr nahe.

«Von mir aus gerne!»

«Danke.»

«Ich habe ihnen angekündigt, dass du sie gleich abholst. Bitte, Hark, lass Julia und mich nicht hängen!»

«Ich eile.»

Hark warf Gonzo einen verschwörerischen Blick zu, ging von Bord, stieg am Hafen in seinen alten Mercedes und raste so schnell er konnte nach Oldsum. Er wusste, dass Anita später am Vormittag zur Anprobe der Hochzeitstracht wollte, nach altem Brauch durfte er da nicht dabei sein. «Der Bräutigam darf das Brautkleid vorher nicht sehen, das bringt Unglück», hatte Anita ihn belehrt. Zwar glaubte er nicht daran, aber bitte. Was die Willys an Bord der Nordsand anbelangte, fühlte er sich sicher: Er würde die ganze Zeit auf der Brücke am Ruder stehen, da konnte ihm nichts passieren.

Als Hark den Garten des kleinen Friesencafés betrat, stürmte Julia auf ihn zu. «Gut, dass du da bist!»

«Wo sind denn unsere Passagiere?»

«Die ziehen sich gerade um.»

«Sehr gut.»

«Sie werden dich ausquetschen wie eine Zitrone», warnte sie ihn. «Immerhin heiratest du ihre beste Freundin! Da wollen sie genau wissen, wer du bist.»

«Sollen sie!»

«In erster Linie geht es natürlich um zwei Themen.»

Hark hob fragend die Augenbrauen: «Als da wären?»

«Geld und Sex.»

«Ernsthaft?»

«Noch lachst du.»

Anita kam dazu und umarmte ihn, sie hatte sich schon etwas beruhigt. «Du kennst die drei doch, Julia, das sind nur Sprüche.» Anscheinend wollte sie die Wogen wieder glätten. Sie wandte sich an Hark: «Ramona, Renate und Willy mögen dich, das haben sie mir heute Morgen noch mal gesagt.»

Woher sie das nahmen, war Hark unklar, bislang hatten sie kaum mit ihm geredet, aber egal. «Dann ist ja alles gut», sagte er.

«Finde ich auch!»

In diesem Moment kamen die Willys aus dem Nebenhaus, alle viel zu dick verpackt für den warmen Frühlingstag. Mit den gelben Gummistiefeln und dem Ölzeug in derselben Farbe sahen sie aus, als seien sie auf dem Weg zu einer Expedition.

«Moin», grüßte er.

«Moin, Kapitän», rief Ramona, prompt fingen Renate und Willy an zu singen: «Eine Seefahrt, die ist lustig, eine Seefahrt, die ist schön …»

«Denn mal los», murmelte er.

Ramona setzte sich in seinem Mercedes nach vorne, Renate und Willy stiegen hinten ein. Seltsamerweise schwiegen sie die ganze Zeit über, was ihm nur recht war. Hark war gewarnt: Würden sie ihn wirklich nach seinem Privatleben mit Anita befragen? In diesem Fall würde er sie in die Nordsee werfen.

Aber das war nur ein Spruch. Das Schlimme war, dass er das *nicht* tun würde! Und von Bord kam er nicht weg.

7

Der Wind hatte aufgedreht und wehte mit sechs bis sieben Stärken. Zu viert stapften sie auf den Steg. Da kam ihnen Gonzo in seiner speckigen Bluejeans und dem verwaschenen T-Shirt entgegen: «Na, geht's auf große Fahrt?»

«Eher ein kleiner Törn, würde ich sagen», brummte Hark.

«Wieso dat denn?», kam es frohgelaunt von Willy. «Bis nach England wollen wir schon.»

«Wenn es geht, noch weiter», rief Ramona übermütig. «Die Karibik sollte drin sein.»

Nachdem sie die Leinen gelöst hatten, stellte sich Hark hinters Ruder und tuckerte mit der Nordsand aus dem Hafen heraus. Er blickte stur auf die raue See, die heute ziemlich kabbelig war, sein Schiff schaukelte heftig. Da die Sonne schien, würden die Willys bestimmt draußen an Deck bleiben wollen. Doch da irrte er. Sofort enterten sie die Brücke und stellten sich neben ihn. Es kam wie erwartet: Sie wollten dem Zukünftigen ihrer besten Freundin auf den Zahn fühlen.

«Ich finde es toll, dass du auf deine alten Tage noch so aktiv bist!», Renate zwinkerte ihm verschwörerisch zu.

Was hatte das zu bedeuten?

«Oder nimmst du Tabletten, damit es noch klappt?», erkundigte sich Willy. Renate und Willy brüllten vor Lachen, nur Ramona fand das sichtlich peinlich. Hark enthielt sich jeden Kommentars, er würde es einfach aussitzen, seiner Anita zuliebe. Es war ein echtes Opfer, das er da brachte. Zum Glück musste er gar nicht viel sagen, weil die Willys sich die Antworten auf ihre Fragen ohnehin selbst gaben.

«Wie ist das eigentlich mit dem Geld?», fragte Willy. «Erbt Anita alles, wenn du stirbst? Oder umgekehrt? Dann kriegst du Anitas Rente, oder? Oder erbt Julia alles?»

«Seine Rente bekommt Anita nicht, wenn sie ihn als Rentnerin heiratet», behauptete Ramona.

«Sicher?», fragte Renate.

«Kommt drauf an, wie lange sie verheiratet waren», vermutete Willy.

Hark gab weiter den schweigsamen friesischen Kapitän, der die Zähne nicht auseinanderbekam.

«Meinst du, Anita kann auf dieser kleinen Fitzelinsel überhaupt glücklich werden?», fragte Renate.

Kleine Fitzelinsel? Da fühlte sich Hark als Inselfriese doch schwer beleidigt. Er war auf Föhr geboren und hatte die meiste Zeit seines Lebens hier gelebt – und das gerne! So wie Renate es darstellte, hörte es sich an, als ob seine Heimat eine Art rückständiges Ödland war.

Er holte tief Luft. «Warum sollte es ihr hier nicht gut gehen?»

«Na, Föhr ist viel zu weit weg.»

«Wovon?»

«Von allem.»

Hark schüttelte den Kopf. Für ihn war Föhr das Festland, auf Dagebüll begann die Festlandsinsel. Aber wozu sollte er sich aufregen?

Die See wurde unruhiger. Den Willys machte das nichts aus, sie erwiesen sich als erstaunlich seefest.

«Wie sieht es aus mit einem Manhattan?», fragte Hark. «Oder einem Kaffee? Findet ihr alles in der Kombüse, bedient euch.»

«Gerne», kam es wie aus einem Munde.

Zum Glück schien die Sonne, bald huschten sie mit ihren Getränken hinaus aufs Vorderdeck, um sich dort auf die Liegestühle zu fläzen. Hark nahm Kurs auf Amrum, den Leuchtturm von Wittdün konnte man von hier aus klar erkennen. Dahinter begann die offene See. Eine Autofähre kam ihm entgegen, das Deck war voller Passagiere.

«Moin, Sharky», kam es über Funk. «Wo geit di dat?»

Sein früherer Kollege hatte die Nordsand natürlich erkannt, es war schön, ihn zu hören.

«Muschja, und selber?»

«Auch.»

Der Kapitän trat an Bord der Fähre auf die Seitenbrücke und salutierte mit einem lässigen Tippen an seine Mütze. Hark war jahrzehntelang für die Reederei gefahren und hatte sich nur zwangsweise von dem Job getrennt. Vor der Zeit danach hatte er panische Angst gehabt. Er lächelte in sich hinein: Hätte er ahnen können, dass er die Frau seines Lebens treffen würde? Dafür schipperte er auch gerne mal die Willys durch die Gegend.

Die drei saßen vor ihm auf dem Deck, sangen und schunkelten. «Männer heiraten, weil sie müde sind», rief Willy. «Frauen, weil sie neugierig sind. Beide werden enttäuscht. Sagt Oscar Wilde.»

«Männer mögen das Feuer entdeckt haben. Aber Frauen wissen, wie man damit spielt», gab Renate zum Besten.

Ramona hatte auch noch einen Spruch auf Lager: «Frauen lieben die einfachen Dinge des Lebens – beispielsweise Männer.»

Alle lachten.

Irgendwann bekam Hark nur noch Fetzen ihrer Unterhaltung mit. Er versank in Gedanken, er erinnerte sich an den ersten Tanz mit Anita, als sie noch nicht zusammen waren. Sie hatte sich so gut angefühlt und so wunderbar geduftet.

«… nee, das können wir nicht bringen!», sagte Willy gerade.

Die drei plauderten weiter, offenbar hatten sie vergessen, dass er hinter ihnen bei geöffnetem Fenster auf der Brücke stand und alles mithören konnte.

«Warum denn nicht?», widersprach Ramona. «Früher ging es gar nicht ohne.»

Hark hatte den Anfang des Gesprächs leider nicht mitbekommen.

«Ich habe es auch gemacht», bekannte Renate. «Und ich fand es schön.»

«Und wenn Anita und Hark nicht wollen?», fragte Willy.

Hark spitzte die Ohren: Das hörte sich nicht gut an.

«Wenigstens sind sie alt genug, dass sie es noch kennen», vermutete Ramona.

Was bloß?, fragte sich Hark.

«Der alte Spruch lautet vollständig ‹verliebt, verlobt, verheiratet›», hielt Renate fest. «Sonst fehlt da was.»

«Okay, wie machen wir es?»

«Und wen laden wir dazu ein?»

«Julia müssen wir schon Bescheid sagen», fand Ramona.

Renate winkte ab. «Nee, die findet das bestimmt nicht gut.»

«Machen wir es im kleinen Friesencafé?»

«Ich weiß was Besseres!»

«Was?»

«Wir unternehmen morgen eine Bootstour mit ihnen und überraschen sie dann.»

«Superidee!»

«Dazu brauchen wir jede Menge Sekt …»

«… und Häppchen.»

«Dann müssen wir Julia aber miteinbeziehen, die muss uns das alles besorgen», meinte Ramona.

Hark rollte innerlich mit den Augen: Als wenn sie in einem Inselsupermarkt den Sekt nicht selbst kaufen konnten!

«Auf jeden Fall werden wir die beiden verloben! Das muss sein.»

Was für eine bekloppte Idee, dachte Hark.

«Sie werden total aus dem Häuschen sein.»

«Wenn sie schon nicht selber darauf kommen …»

Hark blieb sonst ja eher ruhig, aber dass die Willys Anita und ihn verloben wollten, trieb seinen Blutdruck in die Höhe. Am liebsten hätte er die drei nach Dagebüll gebracht und dort mit dem ersten Zug Richtung Gelsenkirchen geschickt. Die Willys musste er auf seiner Hochzeit nicht unbedingt dabeihaben! Blöderweise wäre es unmöglich, das Anita klarzumachen.

Während Hark auf die aufgewühlte Nordsee schaute, kam ihm eine Idee. Ganz allgemein wollte er immer zu allen Menschen freundlich sein, andererseits konnte er dem bösen Gedanken kaum widerstehen, zumal er so einfach umzusetzen war. Kurz versuchte er, die Dämonen aus seinem Kopf zu vertreiben, aber er war zu schwach.

Bei Windstärke sechs bis sieben gab es schon beachtliche Wellen. Die konnte er in verschiedenen Richtungen ansteuern. Beim Stampfen ging das Schiff wie in einem Aufzug rauf und runter, beim Rollen seitlich hin und her. Hark verband beide Bewegungen miteinander, indem er das Ruder nach jeder zweiten Welle eine halbe Ruderlänge herumriss. Damit erzeugte er einen unregelmäßigen Wechsel von Stampfen *und* Rollen, sodass man sich auf keinen Rhythmus einstellen konnte. Es war wie eine Achterbahn, die unaufhörlich nach unten raste und dabei zur Seite kippte. Das machte der Magen von Landratten in der Regel nicht mit.

Klar war es nicht besonders nett, aber es würde für Ruhe sorgen, hier an Bord und später im Friesencafé.

Hark sah seine Manöver als Friedensmission. Nach dieser Schiffstour würde die erhabene Stille des Frühlings wieder in den Garten des kleinen Friesencafés einziehen, man würde die Vögel zwitschern hören, die Blüten riechen und die frische Meeresluft inhalieren. Und zwar ohne gestört zu werden, das war für die meisten Gäste wichtiger als alles andere. Niemand würde mehr das S-Wort rufen und die Bilder von Laienmalern kommentieren. In der heutigen Zeit sehnten sich alle Menschen nach Ruhe, und die war an diesem Nachmittag im Garten garantiert.

Ramona war die Erste, die über der Reling hing, die anderen folgten kurze Zeit später.

«Kannst du nicht etwas gegen die Wellen tun?», keuchte Willy.

«Wie denn? Wir befinden uns auf hoher See, das ist Mutter Natur!», entgegnete Hark.

Bei Seekrankheit war das Allerschlimmste, dass man nicht von Bord gehen konnte, um die Ursache der Übelkeit abzustellen. Es ging immer weiter. Hark hatte das zum Glück nur von anderen gehört. Er selbst war noch nie in seinem Leben seekrank gewesen.

Nachdem die Nordsand zwei Stunden später wieder in den Wyker Hafen eingelaufen war, sahen Harks Passagiere kalkblass aus und redeten kein Wort mehr. Er fuhr sie in seinem alten Mercedes «Heckflosse» zurück. Die

Weite der Marsch zog an ihnen vorbei. Als er das Ortsschild «Oldsum» passierte, fiel ihm etwas ein.

«Ich weiß nicht, ob Anita es euch erzählt hat …»

«Was?», fragte Renate leise.

«Kurz bevor ihr gekommen seid, sind wir auf eine Sandbank mitten in der Nordsee gefahren. Und da haben wir es getan …»

«Was?», fragten die drei im Chor.

«Es wäre auch ohne gegangen, aber in einigen Dingen sind wir sehr konservativ.»

«Nun sag schon!», murmelte Renate, die noch sichtlich mit ihrem Magen kämpfte.

«Na ja, wir haben uns verlobt», sagte Hark. «Mitten im Meer, an Bord der Nordsand, es war wunderschön.»

Natürlich war das gelogen, und er musste später unbedingt Anita davon erzählen, damit sie sich nicht aus Versehen verriet. Jedenfalls hatte sich die überfallartige Verlobungsidee der Ruhrpottler in diesem Moment erledigt, inklusive der peinlichen Feier an Bord der Nordsand.

«Ihr tragt aber gar keine Ringe», wunderte sich Renate.

«Die sind noch beim Juwelier», log Hark. «Sie werden traumschön.»

«Herzlichen Glückwunsch», murmelte Willy.

Harks Laune war so gut wie seit Tagen nicht. Im Garten stellte er kurz die Les Humphries Singers an. Den Willys war das zu laut, sie wollten nur noch ins Bett.

8

Hark ging in den Garten des kleinen Friesencafés. Dort waren sämtliche Stühle, Tische und Liegen an den Rand geschoben, auf dem Rasen war ein überdimensionales Puzzlespiel aus unterschiedlichen Möbeln aufgebaut. Anita stand mit Julia und ein paar Stammgästen vor mehreren Bettgestellen. In ihrem schwarzen Seidenkimono sah seine zukünftige Frau fantastisch aus.

«Darf ich meine Braut zwischendurch mal küssen?», fragte er sie kokett.

Sie lachte. «Lass mich überlegen.» Sie machte eine Pause, bevor sie ihn erlöste: «Okay.»

Er gab ihr einen Kuss und stellte sich zu ihr.

«Wie war die Bootstour?», erkundigte sie sich.

«Och.» Hark wollte weder lügen noch ihr knallhart die Wahrheit um die Ohren hauen.

«So schlimm?»

«Sie haben mich nach unserem Liebesleben ausgefragt und mir wertvolle Sextipps gegeben.»

«Hast du was Neues gelernt?»

«Lernt man in der Liebe jemals aus?»

«Ich bin gespannt.»

«Ach ja, und ich habe mitbekommen, dass sie uns zwangsverloben wollten.»

«Oh nee, das geht wirklich zu weit!»

Hark lächelte. «Keine Sorge, ich habe es zu verhindern gewusst.»

«Wie das?»

«Indem ich ihnen erzählt habe, dass wir schon verlobt sind.»

«Sehr gut.» Dann wurde sie plötzlich ernst. «Ich weiß nicht, was mit ihnen los ist, die sind auf Föhr vollkommen von der Rolle.»

«War das jemals anders?», rutschte es ihm heraus.

«Bei uns im Blumenladen waren sie temperamentvoll, aber gesittet.»

«Kaum zu glauben.»

«Ich sehe langsam ein ernstes Problem auf uns zukommen, wenn meine und deine Freunde auf der Hochzeit zusammenkommen. Unterschiedlicher geht es nicht. Meinst du, die werden sich verstehen?»

Sie schauten sich mit traurigen Blicken an. Die Antwort auf die Frage war beiden bekannt.

Jetzt mussten erst mal die Betten aufgebaut werden. Gonzo hatte in Husum bei einer Haushaltsauflösung im Hafen zugeschlagen. Was das wohl für eine Wohnung gewesen sein könnte? Es gab ein Bett in Herzform, dazu ein zweistöckiges Hoch- und ein Wasserbett. Nach dem Fest würde Julia alles wieder verkaufen.

Urs und Hafenmeisterin Wiebke packten mit an. Alle

standen sie ratlos vor der Frage, wie man ein Wasserbett aufbaute. Hark hatte zwar schon auf einem geschlafen, aber auch er war überfragt. Auch das Bett in Herzform, inklusive passender Spezialmatratze, schien im Aufbau kompliziert.

«Was bringt so ein Herzbett?», fragte Klaas. «Da schläfst du auch nicht besser drin.»

«Weißt du's?», meinte Julia.

«Was war das schlimmste Bett, in dem du je gelegen hast?», fragte Wiebke.

Klaas überlegte. «Eine hauchdünne Isomatte auf Betonfußboden. Erstaunlicherweise bin ich nach neun Stunden Schlaf aufgestanden wie nichts!»

«Echt?», staunte Urs. «Da müsste ich zum Orthopäden.»

Klaas lächelte. «Ich war sechzehn.»

«Ja, auf Bergtouren haben wir das früher auch gemacht. Heute freue ich mich über die Erfindung der Seilbahn, die mich nach einer Wanderung direkt ins Hotel bringt.»

Julia meldete sich zu Wort. «Hallo? Ist da jemand? Ich wüsste immer noch gerne, wie man das Herzbett zusammensetzt.»

«Ich helfe dir», bot Klaas an. «Falls du mal so eines kaufst, weißt du schon, wie es geht.»

«Das wird nie passieren», erwiderte sie grinsend.

«Wer weiß.»

«Oh doch, vieles im Leben weiß man nicht, aber *da* bin ich mir absolut sicher!»

Das Jugendbett mit blauem Himmel und gelben Sternen war am leichtesten aufzubauen. Es war für Renate gedacht, die nicht allzu groß war, von der Länge her würde es locker reichen. Julia, Anita und Klaas schleppten alles in das leere Reetdachhaus auf der anderen Seite des Gartens. Schränke oder Kommoden gab es immer noch nicht, die Hochzeitsgäste mussten aus ihren Koffern leben. Was für begrenzte Zeit ja auch ging. Immerhin waren Küche und Bad komplett eingerichtet.

Irgendwann standen die Betten fertig aufgebaut in je drei Räumen des Nebenhauses. Urs befüllte das Wasserbett mit einem langen Gartenschlauch, den er in der Küche angeschlossen hatte und der über den Flur ins Zimmer führte. Als Dankeschön servierte Julia allen Helferinnen und Helfern Quiche und Friesentorte.

Kurze Zeit später erreichte Hark eine SMS von seinem Neffen Henry aus den USA:

Gud dai! Bin in Hamburg, komme morgen mit der 11-Uhr-Fähre.

«Mein Neffe Henry aus New York kommt also auch früher», kündigte Hark an. «Mensch, er kann immer noch ein bisschen Fering. Er muss sehr an unserer Insel hängen.»

«Wie alt ist er denn?»

«Drei, vier Jahre jünger als ich.»

«Huch? Und dann ist er dein Neffe?», fragte Julia.

«Mein Bruder Brar stammt aus der ersten Ehe meines Vaters, er war dreißig Jahre älter als ich. Sein Sohn Henry ist fast in meinem Alter.»

«Verstehe.»

«Brar ist früh nach Amerika ausgewandert», erklärte er. «Auf Föhr habe ich ihn gar nicht kennengelernt.»

«Wohin ist er gezogen?», fragte Anita.

«Nach Long Island, wie viele von Föhr. Andere sind nach Petaluma in Kalifornien gegangen, die sind dann Hühnerfarmer geworden.»

Anita staunte. «Ich habe in Alkersum am Ortsausgang einen ‹Petalumaweg› gesehen», erinnerte sie sich. «Ich dachte, das sei friesisch und heißt vielleicht ‹Petroleumlampe›.»

Hark lachte.

«Hast du deinen Bruder überhaupt jemals getroffen?»

Hark nickte. «Vor über fünfzig Jahren war ich zwei Wochen auf Long Island, bei Brar und seiner Frau Nancy, die aus Irland stammte. Da habe ich auch Henry das erste und einzige Mal gesehen. Es war meine erste große Reise.»

«Und dein erster Flug, vermute ich.»

Hark winkte ab. «Flug? Nee, das konnte ich mir nicht leisten. Ich bin auf einem Frachter von Hamburg nach New York gefahren und habe mir die Überfahrt mit Malerarbeiten verdient.»

«Und daraufhin wolltest du Kapitän werden?»

«So ist es. Mensch, das ist jetzt ein halbes Jahrhundert her», seufzte Hark. «Lass uns bloß schnell heiraten, bevor es zu spät ist.»

Anita legte ihre Hand auf seinen Arm. «Keine Panik, ein bisschen Zeit haben wir noch.»

«Und die werden wir nutzen. Jede Sekunde.»

Am nächsten Morgen kam eine weitere SMS von Henry.

Ik san oner waii. Ik frööghe me üüb jam.

Hark übersetzte für Anita: «Bin auf dem Weg. Ich freue mich sehr auf euch.»

«Sein Fering in der SMS ist perfekt», staunte Hark. «Obwohl er noch nie auf Föhr war.»

«Das ist wirklich ungewöhnlich.»

«Mein Bruder Brar, also sein Vater, war halt waschechter Föhrer. Brar sprach erstens Fering, zweitens Deutsch und drittens Englisch.»

Hark spürte so etwas wie Lampenfieber, was ihn selbst am meisten überraschte. «Ich bin sehr gespannt auf meinen Neffen.»

9

Neben dem Fähranleger wehte die Flagge der W. D. R.-Reederei fröhlich im Wind. Die Sonne schien. Vorm Seiteneinstieg zur Fähre wartete, wie immer, eine bunte Mischung von Leuten, Urlauber, Insulaner, Taxifahrer, Handwerker. Hark tigerte in der mit Glas überdachten Wartezone auf und ab und begrüßte hier und da einige Bekannte mit Kopfnicken.

«Und Henry war wirklich noch nie hier?», erkundigte sich Anita.

«Nee.»

«Hatte er denn keine Sehnsucht nach seinen friesischen Wurzeln?»

«Er ist New Yorker, und bei manchen kommt das mit der Herkunft erst im Alter, oder auch nie. Egal, ich freue mich riesig auf ihn! Viel Familie habe ich sonst ja nicht.»

Anita nahm seine Hand. «Ihr habt euch fünfzig Jahre nicht gesehen?»

Hark kratzte sich am Kinn und überlegte. «Damals in Montauk waren wir noch Jungs. Wir haben den ganzen Tag am Strand gelegen, und natürlich sind wir nach New York gefahren. Henry hatte schon mit sechzehn einen Führerschein, das war in den USA erlaubt.»

«Bestimmt fuhr er einen riesigen Straßenkreuzer.»

Hark lächelte. «Nee, einen VW Käfer mit Faltdach, den hatte er bunt bemalt mit Blumenmustern. Und an den Türen natürlich ein riesiges Peace-Zeichen, das gehörte sich damals so, wenn man ein echter Hippie sein wollte.»

«So.»

Er schaute aufs Wasser. «New York war für mich als Föhrer Jung der Kontakt zur ganz großen Welt.»

«Und danach habt ihr nie wieder voneinander gehört?»

Hark zuckte mit den Achseln. «Als mein Bruder Brar gestorben ist, war ich auf hoher See. Henry und ich haben uns ein paar Mal geschrieben, aber irgendwann ist der Kontakt abgerissen.»

«Immerhin ist er der Sohn deines einzigen Bruders …»

«Ich weiß, aber ich kannte ja auch meinen Bruder, also seinen Vater, kaum.»

«Weißt du, wie Henry heute aussieht?»

Hark nickte. «Er hat mir ein Foto gemailt.» Er zeigte ihr auf dem Handy das Bild. Ein schlanker, grau melierter Typ mit hoch liegenden Wangenknochen und blauen Augen.

«Sympathisches Gesicht.»

«Kein Wunder, wir stammen ja aus derselben Familie.»

«Eingebildet bist du gar nicht, oder?», lachte sie.

«Es ist, wie es ist.»

«Und was macht er beruflich?»

«Keine Ahnung.»

«Ihr habt noch nicht telefoniert, nachdem du ihn eingeladen hast?» Anita wirkte erstaunt.

«Wir wollten ausführlich schnacken, wenn er da ist.»

«Friesen …»

Hark grinste. «Das ist genetisch, was willst du dagegen machen?»

Die Fähre vom Festland machte am Anleger fest. Es war die *Uthlande*, auf der Hark lange Zeit Kapitän gewesen war. Er wusste, wie aufmerksam man als Steuermann beim Anlegemanöver sein musste, auch wenn man es täglich ein Dutzend Mal ausführte. Die Tide, der Wind, die Beladung, alles änderte sich ständig.

Hark schlug das Herz bis zum Hals. Henry war zwar offiziell sein Neffe, aber es fühlte sich so an, als ob gleich sein Bruder ankäme. Wie würde er wohl sein? Verschlossen? Oder ein typischer Amerikaner, jederzeit zum Small Talk bereit? Egal, Henry und er waren beide am Meer aufgewachsen und stammten aus einer Familie, sie würden sich verstehen.

Die ersten Autos rollten von Bord, die Passagiere strömten im Pulk von der Fähre, trappelten die Treppe hinunter zum Wartebereich. Den Insulanerinnen und Insulanern, die er kannte, nickte Hark zu. Henry war unter den Ankommenden nicht dabei, war da was schiefgelaufen?

Hark zückte gerade sein Handy, da tauchte ein Mann mit hellblond-grauem Haar hinter Anita auf. Er war schlank und braun gebrannt, seine modische Sonnenbrille steckte im Haar, die enge Jeans stand ihm auch im fortgeschrittenen Alter hervorragend. Vor fünfzig Jahren war Henry ziemlich pummelig gewesen, aber das hatte sich offenbar herausgewachsen, heute sah er drahtig und durchtrainiert aus.

«Hark Paulsen?», fragte der Mann mit amerikanischem Akzent.

«Jo.»

«Gud dai, ik san Henry.»

«Gud dai, Henry!»

Sie umarmten sich. Henry gab Anita ein Küsschen links und rechts auf die Wange.

«Ich bin Anita, schön, dass du da bist.»

«Finde ich auch.»

«Hey, du sprichst wirklich noch Fering», stellte Hark fest.

«An beetj.»

«Wir haben dich in der Menge gar nicht erkannt.»

«Ich bin mit dem Wagen gekommen.»

«Oh, hast du den am Flughafen gemietet?»

«Nee, es ist meiner von zu Hause.»

«Den hast du ganz über den Atlantik geschippert?»

«Ich habe ihn daaling in Hamburg harbour abgeholt.»

Witzig, dass er das friesische Wort für «heute» verwendete.

«Mann, Henry, dass du noch Fering sprichst, haut mich um.»

«Ich kann nur ein paar Brocken», entschuldigte er sich.

«Das kommt wieder, warte mal ab.»

«Wo stehst du?», fragte Anita.

«Vorne am Parkplatz.»

«Wir auch.»

Anita und Hark nahmen Henry in die Mitte und gingen mit ihm zu seinem Wagen. Hark suchte die parkenden Autos nach einem Straßenkreuzer ab, entdeckte aber nur seinen alten Mercedes und daneben einen Käfer aus den Sechzigern mit amerikanischem Kennzeichen.

«Ist das deiner?», fragte er begeistert.

«Baujahr 1963 – sieht er nicht herrlich aus?»

Hark deutete auf seinen Mercedes-Oldtimer, der direkt danebenstand. «Passt perfekt zu meinem.»

«Oh ja! Auch nicht schlecht. Aber es ist leider nur ein Mercedes.»

«Nice try, my dear nephew!» Hark grinste.

«Soll ich euch hinterherfahren?», schlug Henry vor.

«Könntest du mich im Käfer mitnehmen?», bat Hark. «Ich bin ewig nicht mehr in einem gefahren.» Er wandte sich an Anita. «Falls du die Heckflosse nimmst?»

«Klar», Anita verdrehte leicht die Augen. «Jungs und Autos.»

Henry räumte eine Brötchentüte vom Beifahrersitz, und Hark nahm Platz. «Allein dieser Geruch!», schwärmte er.

«Isn't it lovely?»

Dann fuhren sie los. Der Boxermotor knatterte so fröhlich, wie sich ein Volkswagen aus dieser Zeit auch anhören musste. Anita fuhr direkt vor ihnen, sie legte allerdings ein derartiges Tempo vor, dass Henry nicht hinterherkam. Egal, sie würden sich später in Oldsum treffen.

In Harks Kopf tauchten Bilder aus den Sechzigern auf, sein erster Wagen war ein gebrauchter Käfer wie Henrys gewesen. Vor der Windschutzscheibe breitete sich die Marsch aus, riesige Wolken türmten sich am blauen Himmel, der Nordseewind zerrte am Wagen. Henry schien die Landschaft mit seinen Augen verschlingen zu wollen.

«Wow», seufzte Henry. «It is absolutely gorgeous.»

«Lust auf Deich?», fragte Hark.

«Yessir.»

«Da vorne rechts rein.»

Der schmale, geteerte Wirtschaftsweg führte direkt zum Seedeich. Sie parkten den Wagen und stiegen aus. Henry zog sich eine türkisfarbene Lederjacke über, die ihn noch einmal um einiges jünger wirken ließ, wie Hark fand. Gut, seine blonden Haare waren vielleicht gefärbt, das wäre ihm selbst nie eingefallen, aber bei Henry sah es gut aus. Hark stand lieber zum «edlen Grau» auf seinem Kopf, wie er es immer nannte.

Sie gingen auf den Deich und setzten sich auf die Krone. Die Flut lief gerade auf, das Wasser erstreckte sich vor ihnen bis zum Horizont, auf der Wasseroberfläche spiegelte sich der Himmel.

«Hier sind deine Wurzeln», murmelte Hark.

«Traumschön.»

Hark freute sich, dass Föhr seinem Neffen gefiel. «Etwas anders als bei euch …»

Henry schüttelte den Kopf. «Es ist derselbe Himmel und dasselbe Meer.»

«Dann waren wir die ganze Zeit Nachbarn?»

«Aber sicher doch.»

Die beiden benötigten nur wenige Worte, um sich zu verstehen. Sie saßen eine Weile auf der Deichkrone und schwiegen sich nach der langen Zeit so richtig zusammen aus. Das hatte Hark mit Menschen aus allen Teilen der Welt gerne praktiziert. Beim gemeinsamen Schweigen gab es keine sprachliche Hürde, vor allem nicht bei Menschen, die mit dem Meer zu tun hatten, Küstenbewohner und Seeleute. Es hatte sich immer gut angefühlt.

Während er neben Henry saß, unternahm Hark im Kopf eine Zeitreise. Er erinnerte sich an seinen aufregenden Besuch von damals, als Henry und er zusammen durch Manhattan gelaufen waren. Er, der Dorfjunge aus Föhr, wollte in der großen Welt alles auf einmal sehen. Und dann die Musik, Simon & Garfunkel im Central Parc, vor Zigtausend Leuten aus den unterschiedlichsten Ländern – fast alle Männer waren langhaarig, auch er hatte eine Matte. Jeder quatschte mit jedem, das war für einen Inselfriesen wie ihn total ungewohnt. So viele Leute in so kurzer Zeit hatte er nie wieder kennengelernt.

«Jetzt bist du fast so alt wie ich», stellte Hark fest.

«Aber immer noch etwas jünger als du. Das hat sich nicht geändert.»

«Bloß war ich vorher nie *derartig* alt!»

«Was willst du dagegen machen?»

«Schön, dass wir uns wiedersehen», meinte Hark.

«Besser spät als nie.»

Die Flut lief gerade auf und bedeckte hauchdünn den Meeresboden.

«Und?», fragte Hark.

«Mmh. War lange Zeit Leuchtturmwärter in Montauk. War 'n knorke Job.»

Das konnte Kapitän Hark gut nachvollziehen. Das Wort «knorke» hatte er allerdings ewig nicht gehört, es stammte wohl noch aus den Sechzigern von Brar, bei dem Henry sein Deutsch gelernt hatte.

«Wieso bist du da weg?»

«1987 haben sie den Leuchtturm automatisiert. Seitdem bin ich Dolmetscher. Mit Sprachen hatte ich es immer.»

«Und, läuft's?»

«In New York? Bestens!»

Hark grinste. «Ich schätze, hauptsächlich übersetzt du Englisch ins Friesische?»

«Klar, was sonst?»

«Verheiratet?»

«Witwer.»

«Tut mir leid.»

«Du auch, oder?»

«Hmm.»

«Anita is your great second chance?»

Hark nickte.

«Beneidenswert.»

Dann blickten sie zusammen aufs Wasser. Ein Zweimaster zog langsam seinen Kurs vor den hellen Dünen der gegenüberliegenden Insel Sylt, er hatte das Großsegel gehisst. Hark und Henry genossen den Blick über die Nordsee und pflegten ihr einvernehmliches Schweigen.

10

Schon am Morgen kündigte sich im kleinen Friesencafé ein echter Frühlingstag an. Im Garten zwischen den Reetdachhäusern war es absolut windstill und etliche Grad wärmer als sonst. Die Sonne schien von einem wolkenlosen tiefblauen Himmel herab, Vögel zwitscherten im Apfelbaum. Gleich nach der Öffnung um neun strömten die Gäste in großer Zahl herbei, liefen barfuß über den Rasen oder stellten sich vor die Staffeleien, um die neu entstandenen Kunstwerke zu betrachten.

Julia hatte alle Hände voll zu tun. Ein Stückchen weiter saßen die Willys an einen Tisch im Schatten, wie immer ein Glas Sekt vor sich, bis auf Ramona, die auf Mineralwasser umgestiegen war. Sie wirkten noch etwas verschlafen und waren ungewohnt leise.

Henry schlief im Nebenhaus lange aus, er hatte wohl noch mit dem Jetlag zu kämpfen. Julia hatte ihm im Nachbarhaus ein Zimmer weit weg von den Willys gegeben. Leider war auch sein Raum noch vollkommen schmucklos, wenn man einmal von dem schönen Blick auf den Garten absah.

«Ich bin noch dabei, alles einzurichten», hatte sie sich

bei Henry entschuldigt. Es sollte gemütlich sein und gleichzeitig provisorisch bleiben, denn es war noch unklar, was mit dem Haus nebenan passieren sollte.

Es war auch nicht zu ändern gewesen, dass er sich mit Ramona, Renate und Willy das Bad teilen musste. Immerhin hatten sich die drei von selbst mit ihm bekannt gemacht, sie schienen sich auf Anhieb sympathisch zu sein. Julia hatte noch ein weiteres Bett in Herzform erhalten, in dem Henry schlief. Der fand es amüsant, dass man darin alleine und nur auf einer Herzhälfte schlafen konnte.

Irgendwann kam er in Jeans und weißem T-Shirt zum Frühstück in den Garten geschlendert.

«Gut geschlafen?», fragte Julia.

«Wunderbar», antwortete er strahlend. «Mein Zimmer ist sehr puristic direkt unter dem Reetdach. Man kommt hier richtig zur Ruhe, wie in einem Kloster, nichts lenkt dich ab.» Er setzte sich an einen Tisch und bestellte ein Frühstück *mit typical German Broetchen.* Dann betrachtete er zufrieden das Kräuterbeet.

Als Julia mit dem Tablett zurückkam, um ihm das Frühstück zu servieren, saß Ramona bei ihm.

«Ich habe mal gelesen, dass überwiegend Dörfler nach New York ziehen», sagte sie.

«Ja», bestätigte Henry. «Die meisten New Yorker kommen ursprünglich von anderswoher. Das fließt in der Stadt alles zusammen. Einige kommen aus der Prärie, andere aus Asien und einige», er lächelte, «sogar von Föhr.»

«Wo wohnst du da genau?», fragte Ramona.

«In Brooklyn. Aufgewachsen bin ich auf Long Island, das ist ein bisschen wie Föhr. Nur dass die nächstgrößere Stadt da noch größer als Flensburg ist.» Henry lachte.

«Und wie lebt es sich so in Brooklyn?»

«New York ist vom Wasser umgeben, das gefällt mir. Ich lebe am East River und kann auf Manhattan blicken. Von meinem Wohnzimmer aus erkenne ich die Spitze vom Empire State Building.»

«Ach, ich wollte schon so lange mal rüber», sagte Ramona. «Aber irgendwie schaffe ich es nie.»

«Schau doch mal bei mir vorbei», bot Henry an.

Ramonas Reaktion auf diese freundliche Einladung bekam Julia nicht mit, sie musste hinein ins Café, um Kuchen zu servieren. Als sie mit dem vollen Tablett nach draußen kam, hatte sich im Garten wieder alles verändert. Henry saß mit einer Gitarre an seinem Tisch, spielte und sang. Das zerkratzte Instrument war mit einem halb abgerissenen Peace-Sticker beklebt. Seine raue Stimme passte perfekt zu den Songs. Zur Melodie von «The Sound of Silence» hatte er den Text auf Föhr umgedichtet: «Wherever I go on this Earth, whatever name a land may have, there's only one Isle of Föhr, that in my mind is best. If I came upon the happiest place, where worries don't exist, all the day from dawn till dusk, I'd think of you, my Isle of Föhr.»

Nach und nach schnappten sich die Gäste ihre Stühle und scharten sich um Henry, um mitzusingen. Die Musik von Simon & Garfunkel besaß eine Leichtigkeit, in die immer ein Hauch Melancholie eingesponnen war.

Kurze Zeit später kam die Musik dann aus den Boxen und war lauter und wilder geworden. Zu hören war Soul von Aretha Franklin und Donna Summer. Henry begab sich barfuß auf eine freie Rasenfläche, kurz darauf war Renate bei ihm, sie tanzten gemeinsam.

«Woher sprichst du so gut Deutsch – und sogar Friesisch?», erkundigte sie sich, als sie danach wieder am Tisch saßen. Julia stand mit dem Tablett in der Hand daneben, um Geschirr einzusammeln.

«Mein Vater kam von Föhr, ich bin Harks Neffe.»

«Aber ihr seid ähnlich alt, oder?»

«Nee, ich bin dreißig Jahre jünger als Hark. Blöderweise bin ich schneller gealtert als er.»

Renate überlegte einen Moment, dann lachte sie über seinen Scherz.

Julia wollte wieder ins Café gehen, aber Henry nahm ihr das Tablett aus der Hand, legte es auf einen Stuhl und nahm jetzt sie zum Tanzen mit. Es fühlte sich leicht und entspannt an. Ihr fiel auf, wie lange sie nicht mehr getanzt hatte, irgendwie war das im Alltag der letzten Zeit untergegangen. Finn-Ole und sie sollten bei nächster Gelegenheit mal wieder in die Inseldisco gehen. Auch wenn sie damit den Altersschnitt steil nach oben treiben würden.

«Du hast in deinem Leben viel getanzt, das merkt man», stellte sie fest.

«Als Jugendlicher, wo es nur möglich war», antwortete

Henry. «In Diskotheken und Clubs, am Strand und auf der Straße.»

«Später nicht mehr?»

Henry lächelte: «Ich tanze jeden Tag eine Stunde alleine in meiner Wohnung, das ist mein einziger Sport. Ich kann das nur empfehlen, damit vertreibe ich alle bösen Dämonen. Egal, was sonst so los ist, du kannst dich hinterher nicht unglücklich fühlen.»

Kurze Zeit später stand Julia am Tresen und mixte Manhattan. Sie stellte die Gläser vor Henry auf den Tisch.

«Zur Feier des Tages!», sagte sie.

«Was ist das?», fragte er.

«Unser Nationalgetränk auf Föhr, der ‹Manhattan›.»

«Manhattan? Auf Föhr? – Nicht euer Ernst!»

«Den haben Föhrer Auswanderer aus deiner Heimatstadt mitgebracht.»

«Manhattan habe ich in New York noch nie getrunken», kicherte Henry.

«Hier schmeckt er sowieso viel besser als bei euch drüben.»

Tatsächlich war das Rezept dort etwas anders.

Sie schaute amüsiert in die Runde. Ob Ramona und Renate merkten, wie schmachtend sie Henry anstarrten? So sahen Teeniefans aus, wenn sie auf ihr Idol trafen. Okay, die beiden hielten sich nicht die Ohren zu und schrien, aber das war auch der einzige Unterschied. Nur einer schien jeglichen Spaß verloren zu haben: Willy saß in einer Ecke und sah dem Treiben missmutig zu. Für seine Begleiterinnen schien er unsichtbar geworden zu sein.

Julia ahnte, dass es im kleinen Friesencafé bald Ärger geben würde.

11

Julia ging ins ehemalige Wohnhaus der Webers, in dem Ramona, Renate, Willy und Henry übernachteten. Bis jetzt gab es hier nur leere weiße Wände, immerhin sahen die alten Holzfußböden elegant aus, vor allem, wenn Tageslicht durch die Sprossenfenster fiel. In den Räumen musste unbedingt etwas passieren. Anitas und Harks Hochzeitsgäste waren auch ihre Gäste, sie sollten sich rundum wohlfühlen.

Schon bald würden Harks früherer Reeder mit Frau und sein ehemaliger Steuermann Pavel anreisen. Die Hochzeit sollte in knapp 14 Tagen stattfinden, und es war noch eine Menge zu tun.

Von Thore hatte Julia sich dessen Citroën-HY-Oldtimer geliehen, der als Foodtruck ausgebaut war und in den einiges hineinpasste. In ihrem Fall weitere Matratzen und Bettgestelle, die ihr auf der Insel zugesagt worden waren. Immerhin das hatte geklappt. Für den Rest der Innengestaltung musste sie sich noch etwas einfallen lassen. Es sollte schön sein und möglichst wenig kosten. Ideen waren gefragt, und die hatte sie!

Als Erstes fuhr Julia zum Hafen. Ihre Vorstellung von dem, was sie suchte, war noch vage, aber dort würde sie fündig werden. Sie hielt direkt am Kai vor Gonzos Krabbenkutter. Der schrubbte gerade in Jeans und Gummistiefeln das Deck.

«Moin, Julia», grüßte er.

«Moin, Gonzo.»

«Die Krabben von heute sind schon weg. Oder brauchst du wieder Matratzen?»

«Nee, diesmal bin ich auf Schrott aus.»

«Ernsthaft?»

«Ich will die leeren Räume vom Weber-Haus aufhübschen.»

Er sah sie irritiert an. «Mit Müll?»

«Mit allem, was man dafür gebrauchen kann.»

Gonzo verschränkte die Arme vor dem Bauch. «Meine Wohnung ist fertig eingerichtet, da kann nichts weg.»

«Ich wollte mir eher mal deinen Schuppen angucken, wenn du erlaubst.»

Julia wusste, dass er die Utensilien für den Kutter in einem Verschlag hinter dem Deich lagerte.

«Da herrscht das blanke Chaos.»

«Super! Im besten Fall entsorge ich deine Abfälle, klingt das gut?»

«Okay, wir können ja mal nachsehen.»

Gonzo schlurfte von Bord und ging mit ihr über den Deich zu seinem kleinen Schuppen. «Du wirst enttäuscht sein», murmelte er, als er die Tür öffnete.

Der Raum war gerammelt voll mit Netzen, Ersatzteilen und Ölkanistern, die übereinandergestapelt in Regalen oder einfach auf dem Boden lagen.

«Wie findest du hier etwas wieder?», fragte sie.

«Gar nicht. Deswegen wollte ich ja schon lange mal entrümpeln.»

Als sie ein paar Taureste, einen alten Anker und eine kaputte Backbordleuchte entdeckte, schlug ihr Herz höher. Für sie waren das Schätze, mit denen sie eine Menge anfangen konnte.

«Brauchst du die noch?»

«Kann alles weg», meinte Gonzo.

«Dann her damit!»

«Ernsthaft?»

«Unsere Gäste werden es lieben.»

Sie sammelte die Teile zusammen und lud sie in ihren Kombi.

«Was willst du dafür haben?», fragte sie.

«Spinnst du?» Gonzo sah sie entgeistert an. «Ich bin froh, dass ich das Zeugs los bin.»

«Föl thoonk, ich mache das im Friesencafé wieder gut.»

«Muss nicht.»

Julia verzog keine Miene. «Willst du mir vorschreiben, wen ich in meinem Café einlade und wen nicht?»

Er grinste.

«Na, also!», sagte sie.

Gonzo kannte noch ein paar andere Leute auf der Insel, die ihren «Kram» loswerden wollten, wie er es ausdrückte. Er schickte sie auf eine Rundreise nach Wrixum, Oevenum, Alkersum, Nieblum und Borgsum. Am Ende war ihre Beute beachtlich, sie lud einen riesigen schwarzen Stoff-Panther ein, Werbefiguren aus Pappe wie das HB-Männchen aus den Siebzigern, mehrere Bojen, Schiffslampen, eine alte Landkarte von Föhr vor der «groten Mandränke», der Flut von 1362, bei der große Teile Nordfrieslands im Meer versunken waren. Das meiste hatte hier und da ein paar Macken und Dellen, aber diese Spuren eines Vorlebens gefielen Julia gerade gut.

Nach ihrer Rückkehr ins Weber-Haus legte sie los. Sie wollte alles so herrichten, dass sie selbst gerne hier übernachtet hätte. Jedes Zimmer sollte eine individuelle Note bekommen: Teekisten mit chinesischer oder indischer Aufschrift dienten als Nachttisch, als Kleiderschränke rollbare Garderobenständer, auf Harks Dachboden fand Julia noch einige hohe Schrankkoffer. Sie trennte sich von einigen ihrer Bilder im Café und hängte sie über die Betten: die sattgrüne Marsch im krisseligen Morgenlicht; die Kitesurfer, die über schäumenden Wellen durch die Luft flogen; das Mädchen, das in der Kurmuschel tanzte, im Hintergrund das Meer und die Hallig Langeneß. Dazu drapierte Julia die Anker, Lampen und Tampen an den Wänden. Sofort lebten die Räume auf. Wichtig war ihr, dass nicht alles vollgestellt wurde, man sollte sich frei bewegen können.

Nach getaner Arbeit schritt sie durch die Räume und lächelte. Zur Belohnung wollte sie sich jetzt etwas Gutes tun. Ein Blick in den Spiegel bestätigte es, die Spitzen ihrer halblangen Haare waren dran. Ihr Friseur befand sich in der Inselhauptstadt Wyk direkt am Sandwall, der Promenade am Meer.

Als sie ihren Wagen auf dem Parkplatz abstellte, entdeckte sie ein paar Reihen weiter Henrys Käfer. Der schien mal einen kleinen Einkaufsbummel zu machen. Auf dem Fußweg zum Friseur ging Julia bei der kleinen Inselbuchhandlung vorbei, die sie selten ausließ, wenn sie in Wyk war. Fernsehgeräte gab es in den Zimmern ihrer improvisierten Pension nicht, deshalb war ihre Idee, jedem Gast ein Buch hinzulegen. Dabei dachte sie auch an Harks englischsprachige Freunde.

«Kann ich alles bestellen», versprach Buchhändlerin Greta. «Ist morgen da.»

«Super!»

Julia deckte sich mit ihren Lieblingsbüchern ein, die sie den Gästen auf die Teekiste neben das Bett legen würde. Als sie die kleine Inselbuchhandlung verließ, lief sie prompt Henry und der über beide Wangen strahlenden Ramona in die Arme, die sich bei ihm eingehakt hatte. Sie trug eine schwarze Lederjacke, Jeans und Stiefeletten. Das Outfit passte perfekt zu ihrem grauen Kurzhaarschnitt. Diese Frau hatte einfach was!

«Moin, Ramona, moin, Henry», grüßte Julia.

«Hey, how are you doing?», grüßte Henry zurück.

«I'm fine, und du?»

«Great.»

«Wollen wir einen Tee trinken?» Ramona deutete auf das Café Steigleder vor ihnen.

«Superidee», sagte Henry.

«So einen tollen Tee bekommst du in ganz New York nicht», behauptete Ramona.

Das amüsierte Julia in mehrfacher Hinsicht: Erstens war Ramona das erste Mal auf Föhr und kannte sich hier überhaupt nicht aus. Zweitens gab es in New York bekanntermaßen alles, was man sich nur vorstellen konnte.

«Schönen Tag euch beiden noch», rief Julia.

«Dir auch», antworteten sie unisono.

Julia konnte sich ein Grinsen nicht verkneifen.

Sie schlenderte weiter zu ihrem Inselfriseur. Ihrer Überzeugung nach war eine Frisur erst zwei Wochen nach dem Schnitt ideal, unmittelbar nach dem Schneiden sah es ihr immer noch zu sehr nach Friseur aus. Das Timing bis zur Hochzeit war also ideal.

Bernies Laden lag an der Promenade, vom Friseurstuhl aus blickte man auf die gegenüberliegende Hallig Langeneß im Wattenmeer.

«Oh, das kleine Friesencafé gibt sich in meiner bescheidenen Hütte die Ehre», begrüßte sie der Ladeninhaber, als Julia durch die Glastür eintrat, und verbeugte sich.

«Wenn der Friseur nicht ins Friesencafé kommt, kommt das Friesencafé eben zum Friseur», gab sie zurück.

«Du lebst einfach zu weit draußen in der Prärie.»

«Föhr-Land ist das Herz von Föhr.»

«Seit wann das denn? Das wäre mir neu.»

«Du solltest dich vielleicht mal bei uns von der Metropole erholen.»

Die Inselhauptstadt Wyk hatte ungefähr 5000 Einwohner.

«Leider habe ich eine Allergie gegen Kuhmist, davon bekomme ich Hautausschlag.»

Sie schaute ihm tief in die Augen. «In Oldsum gibt es ganze drei Höfe.»

Bernie grinste. «Willst du etwa behaupten, dass ich übertreibe?»

«Wie kommst du darauf?»

«Morgen haben wir Ruhetag. Da wollten Petra und ich mal zu dir rausfahren.»

«Klingt nach einem perfekten Ausflug.»

«Was kann ich für dich tun?»

«Einmal das Übliche, bitte.»

Während Bernie schnitt, redete er nicht gerne, er konzentrierte sich immer voll auf seine Arbeit. Das wusste Julia und hielt die Klappe. «Mach immer nur eine Sache zurzeit!», hatte Ramona Julias Oma in Gelsenkirchen immer geraten, wenn Anita mal wieder drei Blumenkästen auf einmal hin und her jonglierte, damals oft noch mit Zigarette im Mund.

Julia blickte durch die große Scheibe aufs Wattenmeer, auf dem gerade die Fähre nach Amrum vorbeizog. Sie dachte an Finn-Ole. Bald war die Fernbeziehung zwischen den Inseln hoffentlich vorbei, und sie lebten wieder beieinander. Ob er auch Lust hätte, mit ihr zusammenzuziehen?

«Schade, dass es im Alter mit der Liebe dann vorüber ist», seufzte Henrike vom Frischemarkt Rickmers, die sich im Friseurstuhl neben Julia niedergelassen hatte. «Wenn der einzige Sex die Schlagsahne auf dem Kuchen ist.»

«Meinst du, es wird so schlimm?», fragte Freya, Bernies Mitarbeiterin.

«Spätestens ab fünfzig geht es bergab. Das steht fest.»

«Wirklich?»

Henrike nickte. «Das muss man ganz realistisch sehen.»

Julia hätte fast etwas dazu gesagt, musste sich aber eingestehen, dass sie früher auch mal so gedacht hatte. Hark und Anita widerlegten diese Befürchtung zum Glück.

Bernie war inzwischen mit den Spitzen fertig und sagte: «So soll es sein, oder was meinst du?»

Julia betrachtete sich kritisch im Spiegel. Es sah auch heute wieder unfassbar toll aus, was Bernie aus ihren Haaren gemacht hatte. Er war ein Künstler.

«Wunderbar.»

«Danke, meine Liebe.»

«Zur Hochzeit von Anita und Hark bekommst du einiges zu tun», versprach sie ihm. «Ich werde die auswärtigen Gäste alle zu dir schicken.»

«Nur die auswärtigen?», fragte er.

«Die anderen kommen sowieso.»

Bernie lächelte.

Julia bezahlte und ging hinaus auf die Promenade. Die Abendsonne schien auf die Meeresoberfläche, sogar die Nordsee leuchtete auf, um dezent zu applaudieren. Sie betrat den Seglerstieg, um sich von der leichten Brise, die vom Wasser kam, verwöhnen zu lassen. Dazu schien ihr die Frühlingssonne ins Gesicht. Was gab es Schöneres?

Irgendwann fuhr sie zurück nach Oldsum. Als sie sich der alten Mühle am Ortsanfang näherte, fiel ihr ein, dass sie im kleinen Friesencafé keine Milch mehr hatte, und hielt noch mal an der Dorfstraße beim Frischemarkt Rickmers. Sie näherte sich der Käsetheke und hörte zu ihrem Erstaunen Verkäuferin Finja über Henry reden. Der kleine Supermarkt war, wie gewohnt, die Nachrichtenzentrale der Insel, hier wurde alles breitgetreten.

«Moin, Julia, sag mal, der Ami wohnt doch bei euch, oder?», fragte Finja.

«Ja», bestätigte Julia.

«Den habe ich gerade in seinem alten Käfer auf der Landesstraße gesehen. Er ist aber nicht direkt nach Oldsum gefahren.»

«Sondern?»

Finja setzte einen wissenden Blick auf. «Er hat einen Schlenker zum Sörenswai-Vorland gemacht …»

Dort gab es einen kleinen Strand, der meist menschenleer war.

«… und er war nicht alleine», fügte sie hinzu.

«Warum auch nicht?», meinte Julia. Die Marsch war ein wunderschöner Teil der Insel und wurde oft unterschätzt. Dabei war es dort an vielen Stellen sehr romantisch, man musste nur einen Blick dafür haben.

«Wer war denn bei ihm?», fragte Julia. «So eine aparte Große mit kurzen Haaren?»

«Nee, klein und rund.»

Julia staunte. Dann hatte Henry nach dem Date mit

Ramona ein weiteres mit Renate gehabt? War er wirklich so ein Casanova? Na ja, was ging es sie an?

Aber ihre Gedanken wanderten weiter: Wie Henry wohl in New York lebte? Wartete dort jemand auf ihn? Ein Mann mit seinem Charme zog an den Wochenenden wahrscheinlich von Party zu Party. Und warum auch nicht? Das mit der Liebe hörte im Alter eben keinesfalls auf, ob man nun auf Föhr oder in Amerika wohnte. Wie tröstlich, dachte sie und ließ Finja stehen.

12

Am nächsten Tag kreuzte Friseur Bernie tatsächlich mit seiner Frau im kleinen Friesencafé auf. Sie stellten sich vor eine der Staffeleien und versuchten die Knospen der Blumenbeete mit Aquarellkreide aufs Papier zu bringen. Was komplett misslang, aber das war ihnen egal, sie fühlten sich sichtlich wohl dabei.

Beim Malen zitierte Bernie ein Frühlingsgedicht von Eduard Mörike: «Frühling lässt sein blaues Band, wieder flattern durch die Lüfte …» Dann stockte er und überlegte mit Blick in den blauen Himmel, wie es weiterging. Petra half aus: «… Süße wohlbekannte Düfte, streifen ahnungsvoll das Land. Veilchen träumen schon, wollen balde kommen.» Dann übernahm er wieder, seine Stimme war leise und sanft: «Horch, von fern ein leiser Harfenton! …» Den Schluss sprachen sie im Duett: «Frühling, ja, du bist's, dich hab' ich vernommen!» Dann gaben sie sich lächelnd einen Kuss.

Julia war baff, Biedermeier-Gedichte wären das Letzte gewesen, was sie den beiden zugetraut hätte.

Ansonsten beruhigte sich die Lage im kleinen Friesencafé nur, indem jeder sein Ding machte. Niemand zeigte allzu großes Interesse am anderen. Anita hatte inzwischen extra Getränke für die Gelsenkirchener besorgt, sodass Julia bei dem übermäßigen Verzehr nicht zu befürchten hatte, dass ihr die Vorräte ausgingen. Ramona hatte sich ohnehin komplett dem Mineralwasser verschrieben. «Ich feiere gerne, aber nicht jeden Tag», verkündete sie. Sie lag nach dem Joggen entspannt auf einer der Liegen, während Renate heute baden gegangen war. Henry wollte alleine einmal rund um Föhr wandern.

Julia blickte versonnen auf ihre Gäste: Urs nickte wieder mal vor seinem Laptop ein. Wattführer Klaas war im Schatten des Apfelbaumes ebenfalls längst weggedämmert. Krabbenfischer Gonzo hatte sich ausnahmsweise einen Tag freigenommen und genoss sein Frühstück, das natürlich auf Kosten des Hauses ging. Nach der Betten- und Matratzenaktion war das das Mindeste.

«Frühling macht mich einfach glücklich», sagte Urs zu Julia, als er aufwachte und sich auf seinem Stuhl rekelte. «Jedes Jahr aufs Neue.»

Julia lächelte. «Aber wenn du immer in der Sonne einschläfst, wirst du irgendwann pleitegehen, oder?»

«Egal, Hauptsache, glücklich.»

Als alle Gäste erst mal so weit versorgt waren, holte Julia ihre Unterlagen für die Wattführerinnen-Prüfung heraus und setzte sich an den Tresen. Da ging es um Wetter, Wasserströmungen und die richtige Kleidung. Klaas würde sie morgen in der Prüfung nicht schonen – und das war auch gut so! Wenn sie mit dreißig Feriengästen von Föhr nach Amrum wanderte, musste sie in allen

Situationen genau wissen, was zu tun war, sonst wurde es lebensgefährlich.

«Willst du den Leuten im Watt eigentlich irgendetwas Spezielles zeigen?», erkundigte sich Klaas, der zu ihr getreten war.

«Was meinst du?»

«Na ja, die meisten Wattführer haben ihren eigenen Schwerpunkt, Geschichte, friesische Sprache, Flora oder Fauna.»

Sie nickte. «Erst ein bisschen Vogelkunde, dachte ich, dann zeige ich ihnen, was in einem einzigen Schaufelhieb aus dem Boden alles an Lebewesen steckt.»

Er grinste. «Ah, der Wattwurm bekommt seinen großen Auftritt?»

«So habe ich mir das gedacht.» Sie reichte ihm seinen Caffè Crema. «Bitte sehr.»

Er nahm einen Schluck und zwinkerte ihr genussvoll zu. «Du machst das schon.»

Nervös war sie trotzdem.

Alles hätte gut sein können. Wenn nicht in einer schattigen Ecke, ganz alleine und mit missmutigem Gesicht, Willy gesessen hätte. Ohne Ramona und Renate wirkte er plötzlich einsam. Dann doch lieber Karnevalslieder und Les Humphries Singers?

Hark trat zu Julia, als sie gerade an der Kaffeemaschine einen Americano zubereitete.

«Willys schlechte Stimmung ist doch nicht normal», meinte er, «was ist denn da passiert?»

«Henry ist passiert», antwortete Julia.

«Was hat er denn verbrochen?»

«Nichts, er ist einfach ein Mann, der von Frauen gemocht wird.»

«Aber warum ist das so traurig? Behandelt er die Damen schlecht?»

«Nein, es ist viel schlimmer, er schenkt ihnen seine volle Aufmerksamkeit, mehr geht nicht.»

Julia schnappte sich den Americano sowie zwei Teller, auf denen jeweils ein Stück Mangotorte lag. Hark schenkte eine Cola ein, dann gingen sie zusammen zu Willy, der offensichtlich Trost gebrauchen konnte.

«Na, wie sieht es aus?», begrüßte Hark ihn.

«Geht so.»

«Ich habe was für dich», sagte Julia.

«Sorry, ich habe nichts bestellt.»

Julia lächelte. «Ich habe gerade ein neues Rezept ausprobiert und möchte dich und Hark fragen, was ihr davon haltet.»

«Wir sind also deine Testesser?», brummte Willy.

«Keine Angst, es ist nicht giftig.»

«Na denn.» Willy nahm ein Stück Mangotorte mit der Gabel und schob es sich in den Mund. «Mmh, sehr gut.»

Der Zucker schien ihm gutzutun, er sah sofort etwas fröhlicher aus.

Hark probierte ebenfalls. «Den bestelle ich schon mal für die Hochzeit.»

Julia war begeistert. «Was ist los?», fragte sie an Willy gewandt. «Du siehst bedrückt aus.»

Willy überlegte einen Moment. «Als wir hier ankamen, waren wir alle ziemlich von der Rolle. Wir wollten feiern, bis der Arzt kommt.»

«Ah ja?»

«Vielleicht weil Renate auf der Zugfahrt die ganze Zeit davon sprach, dass dies unsere letzte gemeinsame Reise sein könnte … Verstehst du, wir sind ja nun auch nicht mehr die Jüngsten …»

Hark kratzte sich am Kinn. «Aber wieso solltet ihr deswegen plötzlich alle tot umfallen?»

«Das nicht. Aber wenn ich ehrlich sein soll, habe ich schon Angst davor, dass es eines Tages mit mir zu Ende sein wird. Geht euch das nicht so?»

«Ich versuche jeden Tag so zu nehmen, wie er kommt», meinte Hark. «Das meiste kann man sowieso nicht beeinflussen, zum Beispiel das Wetter. Und das Ende erst recht nicht. Also muss ich mich darum auch nicht kümmern.»

«Geht mir auch so», stimmte Julia zu.

Willy nickte und blickte an ihnen vorbei. «Renate und ich hatten im Gelsenkirchener Krankenhaus eine ziemlich fiese Untersuchung.»

«Zusammen?», fragte Hark erstaunt.

«Nein, kurz hintereinander, das war Zufall. Bei uns geht es um alles oder nichts.»

«Und?»

«Die Ärztin hat mir Physiotherapie empfohlen, dann kommt es wieder in Ordnung.»

«Und bei Renate?»

«Da dauert es noch mit dem Ergebnis.»

«Wie lange ist das her?», fragte Julia.

«Wir sind gleich danach nach Föhr gefahren.»

«Und sie hat nichts gehört?»

«Das Ergebnis haben ihr die Ärzte auf den Anrufbeantworter in Gelsenkirchen gesprochen.»

«Will sie es denn nicht wissen?», fragte Julia.

«Nicht jetzt. Erst mal wollen wir die Hochzeit feiern. Wer weiß, vielleicht wird es unser letztes gemeinsames Fest.»

«Das würde ich erst einmal ganz ruhig abwarten.»

Willy nickte. «Falls es schiefgeht, hatten wir auf Föhr wenigstens eine gute Zeit.» Und dann flüsterte er: «Bitte nichts Anita davon erzählen, sie macht sich sonst Sorgen.»

«Alles klar.»

Mit einer unklaren Diagnose musste man erst einmal zurechtkommen, dafür hatte Julia volles Verständnis. Es würde ihr selbst nicht anders gehen. Allerdings hätte sie den Anrufbeantworter sofort abgehört, um zu erfahren, woran sie war.

«Kann ich irgendetwas für euch tun?», fragte Hark.

«Nein, ansonsten ist fast alles gut.»

«*Fast?*»

Willy verzog das Gesicht. «Ich mache mir große Sorgen wegen des Amis.»

«Henry? Mein Neffe?»

«Das behauptet er.»

«Was behauptet er?»

«Dass er dein Neffe ist.»

Hark lächelte. «Wer sollte er sonst sein?»

«Bist du dir sicher?»

«Ja, natürlich! Wir haben uns schon als Jungs getroffen!»

«Hast du ihn auf Föhr wirklich gleich wiedererkannt?», fragte Willy.

«Wie sollte ich? Seit unserem letzten Treffen sind Jahrzehnte vergangen. Als Kind sahst du auch anders aus als heute, vermute ich.»

Willy rieb sich die Schläfe. «Wenn du mich fragst, ist Henry ein falscher Fünfziger.»

«Falscher Fünfziger? Was soll das?»

Julia sah, dass Hark jetzt richtig sauer wurde.

«Typen wie der sind überall gleich.»

«So?», fragte Julia.

«Es sind immer dieselben Blender und Abstauber. Und am Ende lassen sie die Frauen immer hängen.»

«Wie kommst du darauf?»

«Lebenserfahrung.»

«Ah so», erwiderte Hark. «Ich sage dir jetzt mal eines: Wenn du noch mal so etwas über Henry sagst, schmeiße ich dich raus.»

Julia erschrak. So vehement hatte sie Hark noch nie erlebt. «Also, jetzt mal alle ganz friedlich», sagte sie. «Am besten, wir vergessen das Ganze, okay?»

Hark und Willy blickten sich an. Das wertete sie der Einfachheit halber als Zustimmung.

«Dass ich morgen früh um sechs mit allen ins Watt gehe, habt ihr auf dem Schirm, oder?»

«Was?», fragte Willy.

«Ich führe eine Gruppe durchs Watt von Föhr nach Amrum.»

«Julia wird dabei geprüft», erklärte Hark Willy.

«Als Wattführerin», fügte sie hinzu. «Klaas ist offizieller Prüfer und guckt zu, wie ich das morgen mache.» Sie warf Willy einen aufmunternden Blick zu. «Da bist du doch dabei, oder? Komm, lass mich nicht hängen!»

«In Ordnung, ich bin dabei.»

«Wer will, bekommt hier um fünf ein kleines Frühstück», fügte Julia hinzu.

Sie sah der Wattwanderung mit gemischten Gefühlen entgegen. Aber das wollte sie sich auf keinen Fall anmerken lassen.

13

Ich gehe auf den Deich und bin, so weit ich blicken kann, der einzige Mensch. Das fühlt sich immer noch extrem an. In New York bewege ich mich jeden Tag unter Millionen von Menschen. Sie sind vor mir, neben mir und hinter mir, sie begegnen mir auf der Straße und laufen mir hinterher. Das könnte ein großartiger Zustand sein, wenn alle miteinander redeten und Nettigkeiten austauschten. In Wirklichkeit führt die Enge aber zum Gegenteil. Die meisten New Yorker treiben vor allem eine Kunst zur Perfektion, nämlich die des Sich-Abschottens. Wahrscheinlich gibt es kaum einen anderen Ort auf diesem Planeten, an dem du so einsam sein kannst wie in einer Riesenstadt voller Menschen.

Zugegeben, bei mir liegt es zum großen Teil an meiner Arbeit, und das ließe sich ändern. Die schriftlichen Übersetzungen mache ich in einem winzigen Büro in der Lower East Side. Ich habe schon oft überlegt, mich in eine Bürogemeinschaft einzumieten, dann würde ich täglich jemandem «Hello» sagen, vielleicht sogar ein paar Sätze mehr, unter Umständen würde man sogar gemeinsam zum Lunch gehen. Das habe ich nie hinbekommen.

Nur wenn ich synchron übersetze, komme ich unter

Menschen. Meine Einsamkeit wiegt das jedoch nicht auf. Ich hatte dazu ein Schlüsselerlebnis im Königlich Dänischen Konsulat. Dort wurde ich mal nach einer Konferenz eingeladen, zum Essen mit dazuzukommen. Das ließ ich mir nicht entgehen: Was das Buffet anbelangt, sind die Dänen für mich die erste Nation der Welt, sie fahren kulinarisch auf wie sonst kein anderes Volk. Eine Frau vom Konsulat sprach mich auf Englisch an, schlank, gut aussehend, eine Intellektuellenbrille auf der Nase. «What's your function in this term?», fragte sie mit singendem dänischem Akzent. «Jeg er tolk», antwortete ich auf Dänisch. «Ich bin Dolmetscher.»

«Oh, interesting.» Sie warf lächelnd ihren Kopf nach hinten, drehte sich um und wandte sich dann jemand anderem zu. Ich muss zugeben, das war nicht nett, aber ich konnte sie verstehen. Sie hatte auf diesem Empfang zwei Stunden Zeit, um Kontakte zu Israel, Südafrika oder China zu knüpfen, was später vielleicht über Krieg und Frieden mitentscheiden würde. Mit einem Dienstleister wie einem Dolmetscher zu reden, war vertane Zeit.

Damit will ich nur sagen: Meine beruflichen Kontakte waren nicht nachhaltig, private Bekanntschaften sprangen dabei keine heraus, von Freundschaften ganz zu schweigen.

Nach Roses Tod habe ich mich immer weiter zurückgezogen. Ich habe nie daran gedacht, mir eine neue Frau zu suchen. Klar, wenn ich mich verliebt hätte, wäre das etwas anders gewesen. Aber nur so mit jemandem anbändeln, um meine Einsamkeit niederzuringen? Das würde immer schiefgehen. Mal abgesehen davon, wo sollte ich überhaupt jemanden kennenlernen, so zurückgezogen, wie ich lebe?

Und das Internet? Ich weiß nicht, ich nutze den PC zwar täglich, bin aber tief im Inneren immer noch *digital immigrant*.

Hin und wieder spiele ich mit meinem Nachbarn Aaron Goldberg Schach, aber nicht zu häufig, denn er ist um Klassen besser als ich. Und wem macht es schon Spaß, immer zu verlieren? Trotzdem mag ich den alten Mann, er ist an die neunzig und blickt hellwach in die Welt. Manchmal esse ich im «Piazza Amerina», einem kleinen Italiener ein paar Straßen weiter in der Bedford Avenue. Da kennen mich alle mit Namen. So gesehen sind die Kellner dort meine Freunde. In Wirklichkeit sind sie das natürlich nicht, aber sie tun wenigstens so und nennen mich «amico», das tut gut. Ich will nicht jammern.

Meine persönlichen Freunde sind fast alle aus New York weggezogen. Nachdem Rose starb, mochte ich erst einmal niemanden mehr sehen, ich brauchte Zeit für mich. Als ich dann wieder unter Menschen gehen wollte, waren alle verschwunden, ohne dass ich es bemerkt hatte. Was ich gut verstehen kann, Freundschaften kann man nicht einfach aus- und anknipsen wie einen Fernseher.

Mein privates Leben besteht aus Lesen, Musik hören und dem Sportkanal im TV. Am Wochenende mache ich meist Tagesausflüge in die Umgebung von New York City, neuerdings in meinem 63er-Käfer. Auf Parkplätzen werde ich häufig auf den Wagen angesprochen, bei Älteren löst er eine Flut von Erinnerungen aus. Meistens starte ich am Samstag, oft übernachte ich in Motels, wo ich dann abends Fernsehen gucke. Sonntagmittag fahre ich zurück. Damit habe ich das Wochenende erfolgreich totgeschlagen. Für Singles ist der Sonntag der schlimmste Tag der Woche: Wenn alle in den Parks spazieren gehen, alle jemanden haben, niemand alleine ist. Du bekommst das Gefühl, dass sie dich wie ein Monster anstarren, sobald du dich unter sie mischst. Was ich, nebenbei gesagt, schon lange nicht mehr tue. Am Sonntag bleibe ich lieber zu Hause.

Und plötzlich ist Tausende von Meilen östlich von Brooklyn, auf einer kleinen deutschen Insel namens Föhr, alles anders. Egal, wo ich mich hier aufhalte, blicke ich in den riesigen Himmel, der mal blau ist, mal grau, mal voller Wolken. Ich schaue aufs Wasser, das sich bis zum Horizont hinzieht. Jedes Meer hat sein eigenes Licht. Das der Nordsee ist besonders schön.

Ich lebe hier mit den Gezeiten, die das Meer verschwinden und wiederkehren lassen, und fühle mich als Teil dieser Welt. Auf Föhr kann ich seit Langem wieder ich selbst sein. Wenn ich im kleinen Friesencafé Gitarre spiele, hören andere zu und singen mit. Durch ihr Echo spüre ich überhaupt wieder, dass es mich gibt.

Fast nebenbei habe ich ein Date nach dem anderen, das ist seit Jahrzehnten nicht mehr vorgekommen. Ich muss nicht einmal viel dafür tun, es passiert von selbst. Die *German Ladies* im kleinen Friesencafé beeindrucken mich, das kann ich nicht anders sagen. Und ich stelle fest, dass ich total auf Frauen in meinem Alter stehe. Nicht, dass ich nicht auch jüngere faszinierend finde, aber mit gleichaltrigen teile ich einfach mehr. Sie kennen die Filme und Bücher von damals, außerdem sind sie erfahrener und gelassener als jüngere Menschen.

Wie elegant Ramona sich bewegt, wie eine Katze. Man würde nie darauf kommen, dass sie im Rentenalter ist. Ramona war Krankengymnastin, das nennt man in Deutschland jetzt «Physiotherapeutin», wie ich gelernt habe. Sie übt diesen Job immer noch halbtags aus. Ihren Rücken hält sie stets kerzengerade, ihre Schritte sind energievoll und federnd. Außerdem legt Ramona manchmal einen Augenaufschlag auf, bei dem mir ganz anders wird. Sie weiß, was sie will, und zeigt es auch.

Auf der Wyker Promenade spielte vor ein paar Tagen eine Band in der Kurmuschel. Ramona hat mich zum Schachfeld neben den Zuschauerbänken dirigiert und zum Foxtrott aufgefordert. Ich war total überrascht und verstolperte glatt die ersten Schritte. Dann zog ich sie zu mir und hielt sie fest, und wir tanzten los. Ich hatte nicht vergessen, wie Tanzen geht, es war sofort wieder da. So nahe wie sie war seit Jahren keine Frau bei mir, das war ungewohnt und gleichzeitig aus alten Zeiten vertraut. Eine merkwürdige Mischung. Und wunderschön.

Später saßen wir in einem Café und redeten stundenlang. Wir fielen uns andauernd gegenseitig ins Wort, offensichtlich hatten wir uns eine Menge zu sagen. Es war unglaublich aufregend, ein Date mit einer Frau wie ihr zu haben. Okay, kleine Schwächen hat sie vielleicht auch. Meine Schrammen und Dellen hat sie mit Sicherheit ebenso wahrgenommen und großzügig übersehen. Ich möchte nur bei ihr sein, ihr zuhören und den Moment genießen.

Renate, ihre Freundin, besitzt einen skurrilen Humor, ihre Witze sind wirklich ulkig. Das heißt, Hark hat mich letztens darauf hingewiesen, dass in Deutschland keiner mehr das Wort «ulkig» benutzt. Brar hat es damals andauernd gesagt, genauso wie «picobello» und «Kinkerlitzchen», das sagt auch niemand mehr, wie ich feststellen musste.

Für manche spitzen Bemerkungen von Renate ist mein Deutsch doch zu eingerostet, das merke ich. Ich muss mich extrem konzentrieren, damit ich ihre versteckten Pointen mitbekomme. Sie kennt sich sehr gut mit Kunst aus und war schon zweimal in New York. Dort hat sie das berühmte «Museum of Modern Art» und das Guggenheim-Museum besucht, die Meisterwerke, die dort hängen, kennt sie alle. Sie war aber noch nie in Williamsburg, wo ich wohne. Darüber hinaus hat sie alle wichtigen Filme der letzten Jahrzehnte gesehen, wir schwelgen zusammen in unseren Kino-Erlebnissen. Das gilt übrigens auch für Ramona. Auch sie geht viel ins Kino und ins Theater.

Auf Föhr würde niemand darauf kommen, dass ich in New York einer der einsamsten Menschen der Stadt war. Seit ich hier bin, kann ich es selbst kaum glauben. So toll ich die Frauen finde, ich rede gerne mit ihnen, flirte und tanze, dass es eine helle Freude ist, wirklich, gute Laune pur für alle Beteiligten. Es gibt nur ein Problem: Mehr will ich gar nicht unbedingt.

Ich will den Bogen nicht überspannen. Inzwischen lebe ich schon so lange alleine, dass ich nicht weiß, ob ich ein Leben zu zweit noch hinkriegen könnte. Seien wir ehrlich, beim Alleinleben gewöhnt man sich Macken an, die für andere kaum zu ertragen wären. Davor sollte ich jemanden wie Ramona vielleicht warnen, sonst wäre es unfair. Wahrscheinlich wendet sich so eine dann ab, und das schöne Leben wäre vorbei. Sollte ich mich also lieber bedeckt halten? Warum? Worauf soll ich warten? In meinem Alter? Im Grunde denke ich wie ein Teenager: Ich will alles, und zwar sofort!

Ramona und Renate, ihr tollen Frauen, ihr habt mich aus dem Dornröschenschlaf geweckt, wie man in Deutschland sagt. Lasst uns zusammen feiern und nicht damit aufhören! Außerdem wünsche ich mir, dass ihr mich in Williamsburg besuchen kommt! Wir werden am East River spazieren gehen, setzen uns in den Domino Parc und schauen uns die Lichter von Manhattan an. Oder wir gehen bei meinem Lieblingskoreaner essen, der liegt im 40. Stock und bietet eine unglaubliche Aussicht. Und wenn es euch in New York zu stressig wird, fahren wir an den Strand nach Long Island. Dort trifft man an den richtigen Stellen kilometerweit keinen einzigen Menschen. Oder wir stürzen uns in den Rummel der vollen Seebäder, auch die gibt es dort. Ganz wie ihr wollt. Ich würde mich so sehr freuen!

Stopp, Henry, mach dir nichts vor! Dazu wird es nie kommen, das weißt du genau. Es ist ausgeschlossen. Ehrlich gesagt, bereue ich inzwischen, dass ich nach Föhr gekommen bin. Unter anderen Umständen hätte mir das alles hier großen Spaß gemacht. Nur mit einem habe ich nicht gerechnet: dass mir die Menschen so ans Herz wachsen, besonders Hark und Anita! Dass sie heiraten, ist wunderbar, sie passen zusammen. Ich bin sicher, sie werden ein tolles Leben zusammen haben, so verliebt, wie sie sind. Ihre Hochzeit wird ein rauschendes Fest werden, man wird lange davon reden, davon bin ich überzeugt. Ich würde gerne mitfeiern, sehr gerne sogar. Nur bin ich dort leider fehl am Platz. Und das tut mir unendlich leid.

Alles, was sie über mich denken, beruht auf einer Lüge, die ich in die wunderbare Welt des kleinen Friesencafés getragen habe. Meine Unehrlichkeit kann ich nicht rückgängig machen, es gibt keine Entschuldigung dafür. Da komme ich nicht mehr raus. Obwohl es wirklich nicht böse gemeint war.

Niemand wird mir je verzeihen. Dass ich gar nicht zur Familie gehöre und nicht Henry heiße, sondern Jack, habe ich zwischenzeitlich selber fast vergessen. Es bedeutet Hark und den anderen aber natürlich alles.

14

Wie immer, wenn Julia in ihrem Leben eine Prüfung absolvieren sollte, dämmerte sie in der Nacht davor nur ein bisschen vor sich hin. Um kurz vor fünf war sie endgültig wach. Sogar die wunderbare Wärme Finn-Oles neben ihr hatte sie nicht in den Tiefschlaf versetzen können. Sie stand auf, um das Frühstück für die Gäste zuzubereiten, die mit ihr durchs Watt nach Amrum wandern würden. Lange brauchte sie nicht, am Vorabend hatte sie bereits die Tische eingedeckt.

Eigentlich konnte nichts schiefgehen, für die Prüfung hatte sie alles gelernt, was sie wissen musste. Und selbst wenn sie durchfiel, würde sich in ihrem Leben nichts ändern, außer dass sie dann keine offiziellen Wattwanderungen mit Feriengästen machen durfte. Was schade wäre, natürlich wollte sie bestehen!

An die Eingangstür des kleinen Friesencafés hatte sie einen Zettel geklebt, auf dem stand: «Heute haben wir geschlossen». Die Ersten, die eintrudelten, waren Anita und Hark, gefolgt von Henry, der nach der kurzen Zeit auf der Insel so gebräunt aussah, als hätte er monatelang hier Urlaub gemacht. Dann kamen Ramona, Renate und Willy, alle in gelben Öljacken und mit schicken neuen

Rucksäcken. Willy hielt sich demonstrativ von Henry fern, was Julia albern fand. Irgendwann erschien Finn-Ole in blauem Parka.

«Du warst heute Morgen plötzlich verschwunden», beschwerte er sich bei Julia und gab ihr einen Kuss.

«Ich wollte dich nicht wecken», flüsterte sie.

Der Himmel war grau, die Luft fühlte sich kühl an, ein strenger Wind pfiff ums Haus. Nicht gerade ideale Bedingungen, aber das konnte sich noch zum Besseren wenden.

Das fand auch Wattführer Klaas, der kurze Zeit später eintraf. Es folgten einige Stammgäste des Cafés, Urs, das ältere Malerpaar, außerdem die Mitglieder der «Friesencafé-Hausband», die auf Anitas und Harks Hochzeit spielen würden: Krabbenfischer Gonzo, Bankerin Gesine und Kirchenorganist Jens.

Überraschenderweise war gestern Abend noch Harks ehemaliger Reeder aufgetaucht, der grau gelockte Janwillem van Sloten aus Rotterdam, zusammen mit seiner Frau Marijke. Hark begrüßte die beiden herzlich und stellte sie Anita vor.

Trotz der frühen Stunde quasselten alle laut durcheinander, nur wenige gähnten still vor sich hin. Es gab im Café mehrere Grüppchen, die genaustens auf Abstand zueinander achteten. Das musste Julia im Auge behalten, denn ihre Herde durfte im Wattenmeer nicht auseinanderdriften. Andererseits gab es unerwartete Konstellationen, wie Willy im intensiven Gespräch mit Janwillem van Sloten. Sie fachsimpelten leidenschaftlich über Fabergé-Eier aus St. Petersburg um die Jahrhundertwende und kannten sich beide bestens damit aus – wer hätte das gedacht?

Um halb sechs blies Julia im Gastraum kräftig in ihre Trillerpfeife und sprach ein paar Grußworte. «Moin, ihr Lieben! Wir gehen jetzt zusammen nach Dunsum und wandern von da rüber nach Amrum. Ich wünsche uns allen einen schönen Tag. Ach, und noch etwas: Im Watt ist die Demokratie außer Kraft gesetzt, will heißen, ich bin die Chefin! Alles, was ich sage, wird gemacht. Das gilt ohne Ausnahme.»

Sie grinste in die Runde. Alles klatschte.

Na dann. Julia schnallte einen kleinen Klappspaten an ihren Rucksack, und los ging es!

Am Dunsumer Deich versammelte sie die Gruppe im Halbkreis um sich herum. «Wem es irgendwie schlecht geht, sollte auf die Wanderung verzichten», rief sie. «Bitte achtet gegenseitig darauf, dass wir dicht zusammenbleiben, sonst erreichen euch meine Ansagen nicht!» Das galt, wenn möglich, auch für die Hochzeitsfeier, fügte sie in Gedanken hinzu. «Noch Fragen?»

«Gibt es Fotopausen?», wollte Willy wissen.

«Klar.»

Julia ging zügig voraus, Hark, Janwillem van Sloten und die anderen hielten sich direkt hinter ihr. Hark erzählte seinem ehemaligen Reeder, dass er als Jugendlicher mit Kumpels hin und wieder zur Kultkneipe «Blaue Maus» auf Amrum gewandert war und am Tresen die Nacht durchgemacht hatte. Morgens waren sie wieder zurückgewandert. «Was aus heutiger Sicht viel zu gefährlich war», gab er zu. «Erst recht mit Alkohol im Blut. Wir haben Glück gehabt, dass nie etwas passiert ist.»

Janwillem van Sloten und Hark tauschten gemeinsame Erlebnisse von früher aus. So erinnerte van Sloten Hark an den Motorschaden seines Frachters im Hafen von Jakarta. Hark hatte aufgrund seiner langjährigen Beziehungen in diesen Teil der Welt fehlende Ersatzteile von fähigen indonesischen Mechanikern per Hand anfertigen lassen. Über offizielle Vertriebswege hätte das Wochen gedauert.

Anita ging neben Marijke van Sloten, sie schlossen zu den Männern auf.

«Mijnheer Hark Paulsen hat damals alles organisiert, die Leute auf der Werft konnten einfach mit ihm», erklärte Janwillem seiner Frau. «Er hatte Respekt vor allen an Bord, auch vor dem kleinsten Putzmann. Das hat sich herumgesprochen, und so wurden wir überall gut behandelt.»

Hark war es sichtlich unangenehm, gelobt zu werden, für ihn war das selbstverständlich gewesen. «Nun übertreiben Sie mal nicht.»

«Wollen wir uns nicht endlich duzen?», schlug van Sloten vor.

«Gerne.»

«Wir duzen uns dann auch, oder?», fragte Anita.

Julia entspannte sich. Da ging es schon mal harmonisch zu. Ansonsten blieben die Grüppchen eher für sich, da wuchs nichts zusammen. Henry bildete das Schlusslicht, den Blick hielt er beim Laufen gen Himmel gerichtet und schien das sehr zu genießen.

«Kommt bitte mal alle her!», rief Julia, als sie etwa eine Dreiviertelstunde gegangen waren, und schnallte den Klappspaten vom Rucksack. Sie stach damit in den feuchten Meeresboden und nahm einen Hieb heraus. «In diesem Stück Watt stecken Tausende Lebewesen.» Sie wühlte im Schlick und zog einen rotbraunen Wattwurm heraus, ungefähr 25 cm lang, der als Erstes das in ihm aufgesogene Meerwasser in hohem Bogen herausspritzte.

«Iiih», riefen einige.

«Der Wattwurm ist ein Wunderwerk der Natur», erklärte sie. «Er ist mein Lieblingstier.»

«Kann man den auch als Kuscheltier kaufen?», erkundigte sich Ramona.

Alles lachte.

«Ihr seht, das Vorderende mit dem Mund ist etwas dicker, an den Körperseiten hat er 13 Paar Kiemen und 19 Paar Borstenfüße, mit denen er sich fortbewegen kann.»

«Und der lebt die ganze Zeit unter dem Meeresboden?», fragte Willy.

«Ja, er hat einen Durchlauf von 25 Kilo Sand am Tag, um die Nährstoffe herauszufiltern.»

«Dieses kleine Würmchen – 25 Kilo?», fragte Anita nach. «Mehr als ein großer Sack Kartoffeln!»

Je länger Julia den Wattwurm hochhielt, desto schöner erschien er allen.

«Ich persönlich könnte mir so ein Leben im Sand nicht vorstellen», meinte Henry grinsend.

«Och, aber manchmal einfach abhauen, und der Chef sieht dich nicht mehr?», wandte Willy ein. «Muss nicht immer schlecht sein.»

«Kommen wir zum romantischen Teil seines Lebens», sagte Julia. «Der Wattwurm ist nach zwei Jahren geschlechtsreif. Die Fortpflanzung findet in der Vollmondphase im Monat Oktober statt, wenn das Männchen sein Sperma ins Wasser abgibt.»

«Im Vollmond, wie schön», säuselte Anita.

«Haben Wattwürmer Feinde?», fragte Janwillem.

«In Nordfriesland gibt es ja zum Glück keine Löwen und Tiger», stellte Anita fest.

«Die würden ihnen nichts können», antwortete Julia. «Aber bei Niedrigwasser laufen die Austernfischer übers Watt. Und sobald sich ein neuer Wurmhaufen aus dem Boden kringelt, stochern die mit ihren langen Schnäbeln dort hinein und versuchen den Wurm zu packen.»

«Oje, die Armen», sagte Marijke.

Doch Julia konnte ihr Hoffnung machen. «Damit er nicht ganz gefressen wird, kann der Wattwurm sein dünnes Hinterende stückweise abstoßen. Der Vogel bekommt dann nur ein bis zwei Zentimeter zu fressen, und der Wurm haut tief in seine Röhre ab.»

«Zur Not ist das ein guter Deal», fand Henry.

«Ist der für uns Menschen essbar?»

«Haben wir als Jungs gemacht», bekannte Hark. «Sie schmecken leicht rauchig und sind sehr salzig.» Er fügte grinsend hinzu: «Kann man gut zum Bier reichen.»

Julia legte den Wurm wieder auf den Wattboden, wo er sich innerhalb von Sekunden einbuddelte und verschwand.

Da riss der graue Himmel auf. Plötzlich standen sie in gleißend hellem Licht, das Wattenmeer wirkte weit und frisch, man konnte sich nichts Schöneres vorstellen. Alle blickten lächelnd Richtung Horizont.

«Hilfeee!»

Sie drehten sich ruckartig um. Niemand hatte bemerkt, dass sich Renate während des Wattwurm-Vortrages von der Gruppe entfernt hatte. Julia hatte das nicht sehen können, weil der lange Urs und Hark in der ersten Reihe standen und die Sicht versperrt hatten. Renate steckte bis zu den Knien in einem Schlammloch, aus dem sie sich nicht aus eigener Kraft befreien konnte. Sie ruderte panisch mit den Armen.

«Ruhig stehen bleiben!», wies Julia sie an. Sie öffnete ihren Rucksack und warf Renate ein Seil zu.

Klaas hatte ebenfalls eines dabei.

«Oh Gott, ich ertrinke», schrie Renate. «Ich will nicht sterben.»

«Ganz ruhig!», sagte Julia. «Nicht bewegen.»

Renate hörte jedoch nicht auf, sie strampelte wild mit den Beinen. Dadurch sank sie immer tiefer.

«Nicht bewegen!», brüllte Klaas.

Die Gruppe legte sich flach auf den Schlick und kroch

von allen Seiten auf sie zu. Unmittelbar um das Loch herum erwies sich der Boden glücklicherweise als einigermaßen fest. Julia setzte ihren Klappspaten ein, die andern nahmen die Hände zu Hilfe und buddelten Renate im Eiltempo aus.

Sie war bald befreit, Julia, Urs und Hark zogen sie heraus. Ihre Hose war voller Schlick, aber sonst war nichts passiert.

«Danke euch allen», flüsterte sie. Dann brach sie in Tränen aus.

«Alles gut», Julia nahm sie in die Arme.

Nach einer Weile gingen sie weiter, niemand sprach ein Wort. Finn-Ole wanderte direkt neben Julia, das war ein gutes Gefühl. Kurze Zeit später führte sie die Gruppe durch den Priel vor Amrum. Das Wasser war eiskalt und reißend, zum Glück ging es den meisten nur bis zum Knie. Trotzdem musste sie aufpassen, dass niemand stolperte. Julia stellte sich in die Mitte und ließ die Gruppe dicht an sich vorbeiziehen. Wenn jemand ins Straucheln gekommen wäre, hätte sie sofort eingreifen können.

Hark trat zu Anita. «Wenn das die Probe für unsere Hochzeit war, dann Prost Mahlzeit», raunte er.

«Meinst du nicht, dass sich einige Leute dann ausnahmsweise mal zusammenreißen?»

Hark verzog das Gesicht. «‹Zusammenreißen› klingt nicht gerade nach einem rauschenden Fest.»

«Ach, das wird, sie müssen sich alle nur noch ein bisschen aneinander gewöhnen.»

«Dein Wort in Gottes Ohr.»

«Vergiss nicht, auf eurer Hochzeit spielt die tollste Band der Welt», sagte Gonzo, der hinzugetreten war.

«Ich wollte euch noch den Tipp geben», sagte Hark, «euch ein paar Titel von den Les Humphries Singers draufzuschaffen. Das wird extrem gut ankommen.»

«Kenne ich nicht», sagte Gonzo. «Aber kriegen wir hin.»

Als sie den Strand von Amrum betraten, waren alle erleichtert. Hier konnte nichts mehr passieren. Sie setzten sich in den warmen Sand. Julia bot Renate ihre Wasserflasche an, aber die lehnte ab. Sie war immer noch bleich im Gesicht.

Klaas kam lächelnd auf Julia zu. «Knapp bestanden!»

«Wieso nur knapp?»

«Du könntest die Gruppe noch enger zusammenhalten.»

«Renate war hinter den anderen für mich nicht zu sehen gewesen. Und mit ihr würde ich nicht noch mal ins Watt gehen.»

Klaas nickte. «Du weißt vorher nie, wen du dabeihast. Sonst war alles bestens, auch die Erklärungen zum Wattwurm waren toll, da habe sogar ich noch dazugelernt.»

«Danke.»

Finn-Ole umarmte sie und gab ihr einen Kuss. «Für mich warst du eine tolle Wattführerin.»

Julia ließ die Blicke kreisen, allen ging es gut. Sie hatten ihre belegten Brötchen ausgepackt und verarbeiteten still kauend, was sie in der letzten Stunde erlebt hatten.

Auch Janwillem und seine Frau waren begeistert. «Das war die schönste Wanderung, die wir je gemacht haben», sagte Marijke zu Julia. «Bei uns in den Niederlanden waren wir nie im Watt.»

«Dabei habt ihr jede Menge davon.»

«Da hast du recht, aber irgendwie sind wir nie dazu gekommen.»

Gesine stellte sich dazu. «Wann geht's denn weiter?», erkundigte sie sich.

Sie liebte das Watt, für sie hätte der Weg doppelt so lang sein können.

Im Pulk wanderten sie am Strand entlang in Richtung Norddorf, dem ersten Ort auf Amrum. Alle freuten sich, dass sie es durchs Watt geschafft hatten, aber die Strecke war länger als gedacht. Einigen ging die Puste aus. Immerhin kam jetzt die Sonne heraus und wärmte den Wind etwas an. Die meisten waren froh, als sie die Haltestelle des Linienbusses erreicht hatten. Er würde sie zur Fähre nach Föhr bringen, die im Wittdüner Hafen anlegte.

Renate und Willy fuhren mit dem Taxi vorweg, das sie sich gerufen hatten. Die Fahrerin musste den Rücksitz mit einer Plastikfolie auslegen, damit der Innenraum nicht von dem Schlick an Renates Beinen verdreckt wurde. Niemand verstand, was diese Taxifahrt sollte, auch Ramona nicht, die bei der Gruppe blieb.

Als Julia in den Linienbus stieg, wurde ihr wieder einmal schwer ums Herz: Finn-Ole musste auf Amrum bleiben, weil er im Amt zu tun hatte.

«Meine wunderbare Wattführerin», flüsterte er und küsste sie.

«Jetzt kann ich dich auch offiziell zu Fuß besuchen.»

«Ich bin bald wieder ganz bei dir auf Föhr.»

«Darauf freue ich mich jetzt schon!»

«Und ich erst.»

Finn-Ole sprang in Nebel aus dem Bus und winkte ihr noch einmal zu.

An diese Abschiede werde ich mich nie gewöhnen, dachte sie, als der Bus weiterfuhr. Wann war seine Vertretungszeit auf Amrum bloß endlich vorbei? Sie gab sich einen Ruck und wandte sich wieder der Gruppe zu, für die sie sich auch auf festem Boden zuständig fühlte.

15

Über der Insel Föhr hatte sich ein stabiles Hoch eingenistet. Zum Sonnenschein wehte ein sanfter Wind, nicht zu warm und nicht zu kalt. Am blauen Himmel zogen ein paar Schäfchenwolken vorbei, in die man sich wunderbar hineinträumen konnte. Alles ideal für das kleine Friesencafé – wenn nur die Gäste nicht gewesen wären ... Julia überhörte sämtliche spitze Bemerkungen, wie es sich als gute Cafébetreiberin auch gehörte. Trotzdem kostete sie das Verhalten einiger unnötige Energie.

Natürlich taten auch Anita und Hark ihr Bestes, um dagegenzuhalten. Unablässig pendelten sie zwischen den verschiedenen Fraktionen hin und her und versuchten alle bei Laune zu halten. Hark bot eine Fahrt auf der Nordsand an, um die Lage zu entschärfen. Leider vergeblich, aus irgendeinem Grund sahen alle den Garten des Friesencafés als ihr Biotop, das sie auf keinen Fall verlassen wollten. So war es ja auch gedacht gewesen.

Renate war nach ihrem dramatischen Erlebnis immer noch durch den Wind, das musste sie erst mal verarbeiten. Sie verließ das kleine Friesencafé überhaupt nicht mehr und verbrachte die gesamte Zeit im Garten. Ramona war oft bei Henry zu sehen. Ex-Steuermann Pavel, der mittlerweile eingetroffen war, und die Stammgäste hatten es sich auf den Liegen bequem gemacht, manchmal schauten Gonzo oder Gesine vorbei sowie Janwillem und Marijke. Aber auch da lief nicht alles rund. Pavel war sonst ein netter, zurückhaltender Mann, aber mit Reeder Janwillem stritt er leidenschaftlich über die Zukunft der Containerschifffahrt. Die sah er wegen der Einstellung der Reeder zu den Gehältern der Seeleute düster. Wozu es bestimmt einiges zu sagen gab, aber musste das wirklich kurz vor der Hochzeit eines gemeinsamen Freundes sein?

Es gab nur eine Ausnahme, und das war Henry. Jedes Mal, wenn er Gitarre spielte und dazu sang, verstummten die Nörgler, und alle hörten ihm zu, die meisten sangen mit. Henry war nett und freundlich zu jedem. Willys unverhohlene Animositäten schien er nicht wahrzunehmen, oder überging er sie einfach? Ansonsten schlenderte er jeden Tag alleine zum Strand und sammelte faustgroße Steine, die er in seinem alten Mehlsack, den er sich über die Schulter warf, zum Café schleppte. Die Steine schichtete er im Kräuterbeet zu kleinen Figuren. Zwischen den Pflanzen sahen die Gebilde aus wie mystische Wächter aus heidnischer Zeit. Tatsächlich waren die Steine mit Abstand das Älteste, was hier im Garten zu finden war.

«Ich habe keine Lust mehr auf Diplomatie!», stöhnte Anita, als Julia am Tresen gerade eine Runde Manhattan zubereitete.

«Kann ich gut verstehen.»

«Ich glaube, die meisten warten nur darauf, dass die Hochzeit endlich losgeht, damit sie bald wieder abreisen können.»

Julia schenkte zwei Gläser zusätzlich für sich und ihre Oma ein. «Du übertreibst.» Sie schob Anita das Glas herüber. Nicht, dass sie sonst um diese Uhrzeit viel Alkohol tranken, aber jetzt musste es sein.

«Sünjhait!» Der friesische Trinkspruch kam Julia mittlerweile leicht über die Lippen.

«Prost, mein Kind», sagte ihre Oma. Dann tranken sie den süßlichen Drink und fanden, dass es ihnen danach schon etwas besser ging.

«Und wenn du mal ein offenes Wort zu allen sprichst?»

«Mensch, Julia, das sind erwachsene Menschen, die sind für sich selbst verantwortlich.»

«Können wir denn gar nichts tun?»

«Vielleicht sollten wir einfach zwei getrennte Hochzeitsfeiern ausrichten, für jede Clique eine?»

Julia lachte. «Superidee.»

«Okay, war auch nicht ernst gemeint.»

Hark gesellte sich zu ihnen.

«Und, was sagst du zu der Lage hier?», fragte Julia.

«Ich könnte gut eine kleine Pause gebrauchen.»

«Allerdings», stimmte Anita zu.

«Und eure Hochzeitsgäste?», fragte Julia.

«Die kommen auch alleine zurecht.»

«Zumal sie ja viel früher gekommen sind, als wir sie eingeladen haben», meinte Anita.

«Dafür haben wir ein paar Tage gut», sagte Hark.

«Tja.»

«Wenn wir uns mit ihnen nicht verstehen, warum sollen wir überhaupt zusammen feiern?»

«Wir verstehen uns mit allen!», wandte Anita ein. «Nur untereinander funktioniert es nicht. Alle sind total gereizt und gehen sich im besten Fall aus dem Weg. Wie soll das bloß auf unserer Hochzeit werden?»

Julia winkte ab. «Da werden sie sich zusammenreißen, das ist auf Hochzeiten immer so.»

«Sicher?»

«Nein.»

«Ich weiß bei dem ganzen Stress schon gar nicht mehr, warum wir überhaupt heiraten», sagte Anita.

«Ernsthaft?» Hark zuckte zusammen.

Sie nahm lächelnd seine Hand und gab ihm einen Kuss. «Blöder Witz, sorry. Natürlich weiß ich das, ganz sicher sogar!»

«Jetzt zwei, drei Tage mit dir alleine wären ein Traum …», sagte er.

Würde er etwa mit Anita abhauen?

Am nächsten Morgen eroberte Henry die Küche des kleinen Friesencafés. Natürlich hatte er sich vorher das Okay von Julia geholt. «Ich mache den Mittagstisch», hatte er angekündigt. Er bereitete mexikanisch-texanische Tacos zu, wahlweise vegetarisch oder mit Chicken, was hervorragend ankam. Zum Nachtisch buk er zwei Zitronenkuchen, auch die waren ein Genuss.

Nach dem Essen wendete er sich wieder seinen Steinen zu. Julia setzte sich zu ihm, als er vor dem Beet kniete und drei Steine beim Übereinanderlegen vorsichtig ausbalancierte. Als sie einigermaßen stabil standen, war er zufrieden.

«Sieht gut aus», sagte sie.

«Danke.»

«How are you?», erkundigte sie sich.

Er strahlte sie an. «Bestens.»

«Du bist wohl der Einzige hier, der das so empfindet.»

«Wenn Leute ein Business miteinander machen wollen, sind sie anfangs selten einer Meinung. Jeder will den anderen über den Tisch ziehen. Ich baue dann zwischen ihnen eine *bridge*.»

«Will sagen?»

«Als Übersetzer bin ich immer auch Diplomat. Am liebsten würde ich meine Kunden bekochen, das würde am besten funktionieren. Wie sagt man, Liebe geht durch den Magen.»

«Ja, deine Tacos waren spitze!»

«Es war ein Hobby von mir und meiner Frau. Gelernt habe ich das bei Brar, der hat in Montauk eine Zeit lang ein kleines Restaurant betrieben, wusstest du das?»

«Davon hat Hark nie etwas erzählt. Ich dachte, ihr hattet eine Pferdefarm.»

«Das mit dem Restaurant ging nur einen Sommer lang. Ich war da Junge für alles, in der Küche und im Service.»

«Und was war das für ein Restaurant?»

«Ein Steakhouse mit veganer Küche.»

«Klingt etwas widersprüchlich.»

«Und das in den Siebzigern! Zu uns kamen Hippies und Geschäftsleute.»

«Und das lief?»

«Nein, überhaupt nicht. Es war damals viel zu exotisch. Dad ist fast pleitegegangen, erst im allerletzten Moment hat er die Kurve gekriegt.»

«Was hat ihn gerettet?»

«Er hat die vegetarischen Gerichte weggelassen und größere Steaks angeboten.» Henry grinste. «Heute läge er mit vegan voll im Trend, aber damals war er seiner Zeit voraus.» Er schaute sie an. «Du kannst mir vertrauen, ich habe Erfahrung in Diplomatie, und in Gastronomie.»

Julia war verwirrt. «Worauf willst du hinaus?»

«Ihr seid gerade ziemlich gestresst, oder?»

«Merkt man uns das so deutlich an?»

«Um es ganz undiplomatisch zu sagen: Ja.»

«Uns sind alle Gäste weiterhin herzlich willkommen», Julia gähnte herzhaft. «Aber wieso sind die so schwierig miteinander?»

«Deswegen dürft ihr euch ruhig mal eine Pause gönnen.»

«Wie soll das gehen, so kurz vor der großen Feier?»

«Lass mich das kleine Friesencafé ein paar Tage übernehmen, und ihr fahrt weg. Es würde mir einen Riesenspaß machen, und ihr habt es gut.»

«Ernsthaft?» Es würde bedeuten, dass sie zu Finn-Ole nach Amrum könnte – ein Traum! Aber würde Henry die Arbeit im kleinen Friesencafé hinbekommen? Er, alleine mit den Willys und den anderen?

«Du kannst backen und Kaffee zubereiten, all das?»

«Haben dir meine Tacos etwa doch nicht geschmeckt? Du musst mir nur zeigen, wo alles steht.»

«Hört sich gut an», murmelte Julia. «Ich denke darüber nach.»

Warum es nicht einfach riskieren? Für die Liebe war es das wert, oder etwa nicht? «Finn-Ole, ich komme!», rief sie in Gedanken.

Sie ging hinüber ins Nachbarhaus, um sich mit Anita und Hark zu besprechen.

«Wie soll Henry denn alleine in dem gereizten Haufen im Garten überleben?», sorgte sich Hark.

Anita stimmte zu: «Wir können unsere Gäste nicht alleine lassen. Wie sähe das denn aus?»

«Es wäre ja nur für zwei, drei Tage», meinte Julia.

Anita nahm ihre Hand. «Ich weiß etwas Besseres. Du gehst rüber nach Amrum zu Finn-Ole, und wir übernehmen das Café, stimmt's, Hark?»

Hark sah nicht begeistert aus.

«Nein, auf keinen Fall», widersprach Julia. «Wenn, gehen wir alle. Ihr solltet noch einmal kurz zu euch kommen, bevor die große Feier beginnt. Sonst spürt ihr ja gar nicht mehr, warum ihr das alles überhaupt macht.»

«Und was sagen wir unseren Hochzeitsgästen?», fragte Anita.

«Wir könnten behaupten, dass wir den Kurztrip schon

vorher gebucht hätten. Als vorgezogenen Honeymoon oder so etwas.»

«Ich weiß nicht», murmelte Anita.

«Henry muss den Gästen ja nur Frühstück machen und nachmittags Kuchen und Kaffee servieren.»

«Plus mittags ein paar Kleinigkeiten kochen», erinnerte sie Hark.

«Der ist seit Jahrzehnten leidenschaftlicher Hobbykoch, er kennt alle Küchen dieser Welt», wandte Julia ein.

Anita schaute Hark fragend an, der zuckte mit den Achseln. «Ich traue ihm das zu. Ein echter Paulsen bekommt das hin.»

Julia hätte gerne genauer gewusst, was denn einen «echten Paulsen» ausmache, aber sie wollte keine Zweifel säen. Vor Begeisterung wurde ihr richtig warm: Zwei unverhoffte Tage mit Finn-Ole auf Amrum, einfach so! Klar musste ihr Liebster tagsüber arbeiten, aber vielleicht konnte er das etwas reduzieren, und abends würden sie auf jeden Fall zusammen sein.

Eigentlich gab es noch einiges an Hochzeitsvorbereitungen zu erledigen, aber das würde sie schon irgendwie hinbekommen. Verrückte Entscheidungen hatten sie in ihrem Leben meist weiter gebracht als die «vernünftigen». Sonst hätte es das kleine Friesencafé nie gegeben, und sie wäre auch nicht mit Finn-Ole zusammen.

Ja, sie würde Henrys Angebot annehmen!

16

Anita und Hark schipperten mit der Nordsand die paar Seemeilen hinüber zur Hallig Hooge und vertäuten das Schiff im kleinen Hafen. Sie waren entschlossen, ihre Zeit in vollen Zügen zu genießen: Endlich mussten sie sich mal nicht um andere kümmern, sondern ausschließlich um sich selbst!

Sie hatten sich auf der Lorenzwarft eingemietet, hier führte Telse Mittelstedt, eine entfernte Verwandte von Hark, eine Pension in einem über vierhundert Jahre alten Reetdachhaus. Es stand erhöht auf einer Warft, um gegen Sturmfluten geschützt zu sein, wie alle Häuser hier. Was den unverstellten Meerblick noch einmal verschönerte.

Nach der ersten Nacht hatten sie eigentlich früh aufstehen wollen, dieses Ziel aber leicht verfehlt. Irgendwann war es zwölf Uhr mittags. Sie duschten ausgiebig und begaben sich nach draußen auf die Terrasse. Die Nordsee vor ihnen schimmerte im Sonnenlicht, die Luft roch noch intensiver nach Meer als zu Hause auf Föhr, jedenfalls bildeten sie sich das ein. Das einzige Geräusch war der Wind.

Wirtin Telse Mittelstedt servierte ihnen netterweise

auch noch um diese Tageszeit ein deftiges Frühstück an dem kleinen Holztisch neben dem Eingang. Alles, was sie auftischte, war einfach und gut, die Eier kamen von glücklichen Hallig-Hühnern, der Käse von Schafen aus der Gegend, die Sanddornmarmelade, die allerdings nur Hark mochte, von der Nachbarwarft: Für Anita gab es die gewohnte Erdbeermarmelade, ebenfalls von der Hallig.

«Hooge ist eine Art Paralleluniversum von Föhr», erklärte Hark. «Hierher geht man als Föhrer gerne, wenn man für sich sein, aber nicht ganz bis Hamburg will.»

«Du meinst, Hooge ist für euch Insulaner das, was für uns Gelsenkirchener Köln ist?»

«So ähnlich vielleicht, nur kleiner.» Er ließ den Blick über das Meer und die Wiesen kreisen. Ein paar Austernfischer erhoben sich in die klare Luft. Er breitete die Arme aus und rief: «Hallig Köln!»

«Mit Karnevalsumzug im Watt.»

«Schlag das hier mal vor», meinte Hark grinsend.

«Wieso nicht?»

«Auf Föhr gibt es jedes Jahr um Rosenmontag herum eine kleine Zwischensaison. Viele Rheinländer, die nicht auf Karneval stehen, fliehen zu uns auf die Insel. Da sind sie absolut sicher vor Helau und Alaaf.»

«Wie schade, ich mag Karneval ja.»

«Ich auch – solange ich mich nicht verkleiden muss.»

«Für dich ist das doch ganz einfach: Du kannst immer als Kapitän gehen.»

«Ja, das stimmt.»

Anita blickte zum Meer. «Was machen wir heute?»

«Um die Hallig laufen und auf eine Sturmflut hoffen?»

«Wieso sollten wir die herbeisehnen?»

Hark nahm lächelnd ihre Hand. «Dann müssten wir uns tagelang auf unserer Warft einschließen und wären ganz für uns.»

«Das kriegen wir aber auch so hin, meinst du nicht?»

Hark nickte.

Ihr Handy klingelte, es war Julia. Anita stellte auf laut.

«Moin, wie geht es euch?»

«Bestens, und euch beiden?»

«Wir sind komplett entspannt.»

«Wir auch – ist die Sonne nicht herrlich?»

«Allerdings! Meinst du, das kleine Friesencafé steht noch, wenn wir zurückkommen?»

«Da bin ich nicht sicher, aber das ist mir gerade vollkommen egal.»

«Nun mal nicht den Teufel an die Wand – oder hast du was gehört?»

Anita reichte Hark den Hörer.

«Woher denn? Wir haben ganz bewusst keinen Kontakt zu Henry», sagte er. «Sonst kommen wir ja nie zur Ruhe.»

«Es bleibt ein Risiko.»

«Das ganze Leben ist ein Risiko, also was soll's?»

«Stimmt auch wieder. Dann habt es noch schön!»

«Ihr auch!»

Anita legte auf und gab ihrem Liebsten einen Kuss.

Nach dem ausgiebigen Frühstück schlenderten sie Hand in Hand einmal um Hooge herum. Über ihnen spannte sich der riesige nordfriesische Himmel in prächtigem Blau, die Frühlingssonne schien auf die grünen Wiesen. Ohne einen hohen Deich unterschied es sich sehr von Föhr, die Wiesen gingen quasi über in die Nordsee. Das Schönste war jedoch, dass sie hier garantiert keine Föhrer treffen und ganz für sich sein würden: kein Stress, kein Ärger!

«Meinst du, die hauen sich im Café gerade die Köpfe ein?», überlegte Anita laut.

«Henry wird es schon richten.»

«Was haben wir nur für Freunde?»

«Allerdings.»

«Und du hast nicht mal Henrys Handynummer dabei?»

Hark schüttelte den Kopf. «Ich will nichts von drüben hören.»

«Machst du dir keine Sorgen?», fragte Anita.

«Wenn ich mit meiner Liebsten ein paar schöne Tage haben kann, ist mir alles andere unwichtig.»

«Vielleicht war unsere Vorfeier für die Gäste einfach zu lang.»

«Hey, ich habe dir eben ein Kompliment gemacht!», beschwerte er sich.

«Habe ich registriert, danke!»

Ein paar kleine Wolken schoben sich vor die Sonne, sodass für kurze Zeit Schatten auf die Hallig geworfen wurden.

«Julia hat mir verraten, dass die Willys auf der Hochzeitsfeier ein Quiz mit uns planen», sagte Anita.

«Abgelehnt.» Die konnten ihn mal!

«Da geht es darum, wie gut wir uns kennen.»

«Das geht die gar nichts an!»

Anita aber wusste, dass das nicht so einfach sein würde, wie Hark es sich vorstellte. «Die werden uns notfalls mit Gewalt auf die Bühne zerren.»

«Egal.» Sein Blick ging hinüber zur Nachbarhallig Langeneß.

«Wenn wir uns absprechen, geht es gut, und alle sind zufrieden.»

«Ich habe doch schon gesagt, dass ich da nicht mitmache.»

«Och, Harkyboy.»

Hark zog die Stirn in Falten. «Abgesehen davon, wissen wir doch sowieso alles voneinander.»

«Das denke ich auch.»

«Siehste.»

«Wenn du ihnen meine Schuhgröße sagst, sind sie schon zufrieden.»

Hark sah sie irritiert an. «Wie?»

«Na?»

«35?»

«Niemals.»

«Sondern? – 36!»

«39.»

«Na ja, du kennst meine Schuhgröße ja auch nicht.»

«44 – deine Jeans trägst du in 34, Anzüge in 50.»

Hark war baff. «Woher weißt du das?»

«Frauen wissen so etwas.» Anita lächelte nicht mal, als sie das sagte. Es schien für sie eine Art Naturgesetz zu sein.

Jetzt ließ sie nicht mehr locker. «Ist mein zweiter Zeh länger als der große?»

«Ja? – Oder doch nicht?»

«Stimmt», sagte sie.

Glück gehabt.

«Kannst du etwas, was kein anderer kann?», erkundigte sich Anita.

Hark musste nicht lange nachdenken. «Ich würde nicht sagen ‹keiner›, aber in einer Sache bin ich ziemlich gut.»

Sie blieb stehen und schaute ihm direkt in die Augen.

«Was?», fragte sie.

«Palmenklettern.»

«Palmenklettern?»

«Ja. Ich komme da so schnell hoch wie die Einheimischen in der Südsee. Vor Ort habe ich mehrere Wettbewerbe gewonnen, die Leute konnten es nicht fassen.»

«Das möchte ich sehen.»

Er lächelte. «Zu schade, dass auf Hooge keine Palmen wachsen, sonst könnte ich es dir vorführen.»

Sie grinste vielsagend.

«Du glaubst das nicht? Okay, es ist schon etwas her, aber es gibt Beweisfotos. Das Wichtigste beim Palmenklettern ist die Fuß- und Beinarbeit.»

«Was habe ich für ein Glück! Welche Frau träumt nicht von einem Palmenkletterer?»

Für Hark war nicht auszumachen, ob sie das ernst meinte oder ihn auf die Schippe nahm.

«Und bei dir?»

«Nichts Besonderes, als Mädchen habe ich rhythmische Sportgymnastik gemacht, Seilspringen, alles ganz normal. Palmen gab es im Ruhrpott nicht.»

Sie wanderten den Weg am niedrigen Deich entlang, der die Hallig umgab. Der Wind vom Meer kam aus verschiedenen Richtungen und frisierte die Gräser auf den Wiesen. Die Sonne schien, wurde aber immer wieder von Wolken bedeckt.

«Wovon träume ich heimlich?», fragte Anita. «Womit hast du als Kind gespielt? Was war die schlimmste Modesünde, die ich je begangen habe?»

«Keine Ahnung.»

«Wovon träumst du heimlich?»

«Von unserem Törn nach Ägypten.»

«Das ist nicht heimlich.»

«Stimmt. Ich kann kaum abwarten, dass es endlich losgeht.»

«Aber vorher genießen wir unsere Hochzeit, ja?»

«Klar», brummte er.

Sie hüpfte ein paar Schritte voraus. «Was denkst du, was war meine schlimmste Modesünde?»

«Egal. Ich liebe dich, egal, was du anhast.»

«Ich könnte mir auch einen Kartoffelsack überziehen?»

Böse Falle.

«So vielleicht auch nicht.» Zum Glück fragte sie nicht weiter nach. Aber in Wirklichkeit liebte er seine Anita tatsächlich in jedem Outfit.

«Hast du schon mal ein Gedicht geschrieben?», fragte sie.

«Erst deine Modesünde!»

«In den Achtzigern: Schweißbänder aus Frottee an den Handgelenken zu einem Abendkleid.»

Hark staunte. «Hast du so heftig geschwitzt?»

«Nein, das war damals Mode.»

«Stimmt, ich hatte die Dinger auch.»

«Du hattest Schweißbänder?»

«Damit hättest du mich heute nicht mehr genommen, was?»

«Nun ja, Charakter ist nicht alles, das Auge liebt schon mit.»

«Ich weiß.»

Ihre Augen funkelten ihn herausfordernd an. «Das Gedicht – hast du nun eines geschrieben oder nicht?», fragte sie.

Er holte tief Luft. «Willst du es hören?»

«Klar.»

«Die Nacht war kalt und sternenklar,
da trieb im Meer bei Norderney
ein Suahelischnurrbarthaar –
die nächste Schiffsuhr wies auf drei.
Mir scheint da mancherlei nicht klar:
man fragt doch, wenn man Logik hat,

Was sucht ein Suahelihaar
denn nachts um drei am Kattegat?»

«Sehr schön. Wie bist du darauf gekommen?»

«Leider stammt es nicht von mir. Es ist von Ringelnatz. Aber er hat mir aus dem Herzen gesprochen, und deswegen habe ich es als junger Mann oft zitiert.»

Sie gab ihm einen langen Kuss. «Liebst du mich noch ein bisschen?»

«Hmm.»

«Hmmh?»

«Ja!» Er gab ihr auch einen Kuss.

«Nur ein bisschen?»

«Nein, mehr.»

«Wie viel mehr?»

Er küsste sie erneut.

Dann umfassten sie sich gegenseitig und begaben sich an die Wasserkante. Es war beruhigend zuzusehen, wie das Wasser kam und ging. Dazu wurde der Himmel mit bizarren Wolkenwesen beschrieben.

Später gingen sie an Bord der Nordsand, die im kleinen Hafen festgemacht war, und schauen sich gemeinsam alte Fotos an, die sie mitgenommen hatten. Wobei sich schnell herausstellte, dass Anita in ihrem Leben viel mehr fotografiert hatte als Hark. Als Oma, die ihre Enkelin großzog, lag das wohl näher.

«Ich habe letzte Nacht übrigens von Gelsenkirchen geträumt», sagte er.

«Ernsthaft?»

«Es war wunderschön dort.»

«Warst du dort jemals in echt?»

Hark überlegte. «Nein, nur einen Vormittag lang – und das ist Jahrzehnte her.»

«Was hast du dann im Traum gesehen?»

«Das Blumenhaus Koslowski.»

«Das kennst du doch gar nicht! Außerdem ist dort nichts mehr, wie es war. Die haben alles umgebaut.»

«In meinem Traum stand das Geschäft in einem Dschungel blühender Blumen.»

Anita zog eine Augenbraue hoch. «Dort wird inzwischen Tierfutter verkauft.»

«Mitten im Dschungel?»

Sie lachten.

Fast den gesamten nächsten Tag lagen sie auf bequemen Liegen und tauschten sich weiter über ihr Vorleben aus. Da gab es so viel zu erzählen. In über sechzig Jahren war eine Menge passiert, lustige und traurige Erlebnisse, Feiern, Reisen, Hoffnung, Enttäuschung. Vor einiger Zeit waren bei beiden die Ehepartner verstorben, Anita hatte ihre Tochter verloren und ihre Enkelin Julia alleine großgezogen. Als sie davon erzählte, musste sie sich eine Träne wegdrücken, das war lange nicht mehr vorgekommen. Aber ihr Leben war gut gewesen, trotz allem. Und jetzt mit Hark erst recht!

Harks Stimme wurde bei einigen schmerzhaften Erinnerungen brüchig. Das Schöne war, dass Anita und er trotzdem lachen konnten. Auf eine geheimnisvolle Art hatten sie beide das Gefühl, dass ihr gesamtes bisheriges

Leben sie genau an diesen Punkt geführt hatte, an dem sie gerade standen: zu ihrer großen Liebe, die sie mit ihrer Hochzeit besiegeln und aller Welt zeigen wollten. Bis dahin waren es nur noch wenige Tage …

17

Um an die Wasserkante zu gelangen, musste Julia erst mal eine Weile wandern. Unterwegs überlegte sie, was man gemeinhin wohl als breiten Strand bezeichnen würde. Hundert, zweihundert Meter? Der Kniepsand schlug die meisten, er war an dieser Stelle anderthalb Kilometer breit! Dort legte sie sich auf ihr Handtuch und tat nichts, außer in die Wolken zu blicken und den Wellen zuzuhören, die sich alle paar Sekunden vor ihr brachen. Das Meerwasser lief flächig vor ihr aus, bevor es sich wieder zurückzog, um der nächsten Welle Platz zu machen.

Laut Temperaturtafel am Rettungsturm der DLRG war das Wasser kalt, was aber bei dem heftigen Seegang kein Problem war. Als Julia sich in die Fluten wagte, schnappten die wilden Wellen sie einfach und massierten sie durch. An ihr kleines Friesencafé dachte Julia kaum noch. Sie besaß das Urvertrauen in Henry, dass er den Laden schon schmeißen würde. Finn-Ole musste tagsüber im Nebeler Amt arbeiten, nachmittags wollten sie sich in ihrem Lieblingsrestaurant «Likedeeler» treffen. Danach würden sie es sich in seinem Zimmer schön machen, während der Wind draußen ums Haus strich und die Brandung von ferne brüllte.

Am nächsten Vormittag lag sie wieder am Strand und war innerlich weit weg, es könnte alles gut sein – hätte Wattführer Klaas sie nicht angerufen. Sie überlegte einen Moment, ob sie rangehen sollte, drückte dann doch die Sprechtaste ihres Handys.

«Moin, Klaas.»

«Moin, Julia.»

«Was gibt's?» Sie ärgerte sich über sich selbst, eigentlich hatte sie keine Lust zu telefonieren.

«Ich wollte nur durchgeben, dass ich mir an deiner Stelle Sorgen machen würde», meinte Klaas.

«Wieso das?»

«Die Leute im Café drehen durch.»

Julia richtete sich schlagartig auf. «Will sagen?»

«Na, die sind vollkommen von der Rolle.»

Komischerweise blieb Julia ruhig. Das konnten haltlose Gerüchte sein, auf der Insel wurde viel geredet und alles auch mal ein bisschen aufgebauscht.

«Klartext, Klaas!»

«Ich selber war nicht da, ich habe es nur gehört.»

«Was hast du gehört?»

«Von der Randale.»

Julia verdrehte die Augen, was Klaas zum Glück nicht sehen konnte. «Meinst du nicht, das könnte übertrieben sein?»

«Was, wenn nicht?»

Julia wollte ihm immer noch nicht glauben. «Ach, einige vermissen bestimmt nur ihre gewohnte Bedienung.»

«Die Feuerwehr ist angerückt.»

Sie bekam einen trockenen Mund. «Hat es gebrannt, oder was?»

«Nee, steht wohl noch alles.»

«Was heißt ‹wohl›?»

«Wie gesagt, ich war nicht da.»

«Danke, dass du Bescheid gesagt hast.»

Der breite Amrumer Strand sah immer noch aus wie im Traum, die Wellen rollten heran und luden zum Baden ein, aber damit war es für sie nun vorbei. Sie legte auf und rief sofort Anita an.

«Wir müssen zurück», rief sie ins Handy und berichtete kurz, was Klaas ihr erzählt hatte. «Wir sollten unbedingt nachsehen, was vom kleinen Friesencafé noch übrig ist.»

Wieso war die Feuerwehr im Café gewesen? Hatte jemand am Reet gezündelt? Nein, dann hätte man sich bei ihr gemeldet. Oder?

«Gib uns eine Dreiviertelstunde», sagte Anita. «Dann sammeln wir dich in Wittdün ein.»

Als Nächstes rief Julia Finn-Ole an, doch der leitete gerade eine Sitzung mit Vertretern der anderen nordfriesischen Inseln und konnte sich nur schwer loseisen. «Oder soll ich das abbrechen und mitkommen?»

«Danke, Schatz, aber mit Anita und Hark habe ich genug Unterstützung.»

«Ich komme so schnell nach, wie ich kann», versprach Finn-Ole.

«Bestimmt ist es gar nicht so schlimm.»

«Hoffentlich.»

Zum Glück hielt gerade ein Taxi hinter dem Strand. Eine Familie mit zwei kleinen Kindern stieg aus, Julia packte ihre Sachen zusammen und hüpfte hinein.

«Direkt zum Hafen bitte!», sagte sie.

Die Fahrerin war eine ältere Dame, die mit dem Tempo weit unter der erlaubten Geschwindigkeit blieb. Das war für Julia schwer auszuhalten. «Ich habe es sehr eilig», drängelte sie. «Könnten Sie bitte etwas schneller fahren?»

«Man sutje, die nächste Fähre kommt erst in einer Stunde», gab die Fahrerin zu bedenken.

«Ich habe meine Privatfähre, die ist schneller.»

«Na denn!»

Daraufhin gab die Frau endlich Gas. Während der Fahrt meldete sich Hark auf ihrem Handy. «Die Zylinder glühen, ich fahre volle Kraft voraus.»

Der Wind frischte weiter auf, das Wasser kräuselte sich, als wenn es sich genauso unwohl fühlte wie sie. Nach erstaunlich kurzer Zeit kam die Nordsand in Sicht. Hark scheuchte sie in beachtlichem Tempo übers Meer. Er legte gar nicht erst an, sondern bugsierte das Schiff an einen Steg, sodass Julia an Bord springen konnte – direkt in die Arme ihrer Oma.

«Was ist bloß passiert?», sagte die. «Aber was es auch ist, wir kriegen es wieder hin.»

«Sicher.»

So sicher war Julia aber keineswegs.

Während der Überfahrt nach Wyk sprach niemand ein Wort. Alle malten sich aus, was sie gleich in Oldsum erwarten würde.

Im Wyker Hafen war gerade eine große Fähre angekommen, überall wuselten Menschen herum. Anita, Hark und Julia eilten über den schmalen Steg im Sportboothafen zu Harks altem Mercedes, der dort parkte. Hark sprang hinters Lenkrad.

«Los geht's.»

«Ich wage es kaum zurückzukehren», bekannte Julia.

Ihre Oma war sonst hart im Nehmen, aber jetzt standen ihr Tränen in den Augen. «Ich möchte nicht, dass unsere Hochzeit wegen eines Brandes ausfallen muss.»

«So schlimm wird es schon nicht sein», meinte Hark. Das brachte sie wieder etwas herunter.

Im Dorf Oldsum herrschte um die Mittagszeit normalerweise Stille. Viele hielten in dieser Zeit, nach alter Tradition, ihre Ruhestunde. Heute war das jedoch anders, schon ab dem Ortsschild war laute Musik zu hören. Hark kurbelte die Scheiben runter, um zu horchen, woher sie kam. Das war schnell ausgemacht: aus dem kleinen Friesencafé!

«Was ist das?», fragte Anita.

«Es bedeutet auf jeden Fall, dass nichts abgebrannt ist», sagte Hark.

«Dann hätte sich die Feuerwehr längst bei mir gemeldet», meinte Julia.

Die Musik stammte von den Les Humphries Singers.

«Wer hat den Ton denn so weit aufgedreht?», fragte Anita.

«Ich fürchte, die Willys haben das Café endgültig geentert», antwortete Hark.

«Wahrscheinlich haben sie alle anderen Gäste vergrault und machen jetzt, was sie wollen.»

«Wir sollten uns auf jeden Fall darauf einstellen, dass sie die Bar leer gesoffen haben.»

«Und dass sie gerade sturzbetrunken sind.»

«Seid mal leise!», rief Anita.

«Was ist?»

«Das ist live!» Anita schaute ihre Enkelin fragend an.

Die drei spitzten die Ohren.

«Gitarre mit Verstärker, ein Sänger und ein Backgroundchor.»

«Die Les Humphries Singers sind wiederauferstanden?»

«Möglich ist alles.»

Hark parkte den Wagen vor der Eingangstür des kleinen Friesencafés. «Wer geht voran?»

«Du bist die Chefin, Julia!», meinte Anita.

Julia hätte sich gerne gedrückt. «Nein, du, Hark, dir gehört das Haus!»

«Zusammen.»

«Eins, zwei, drei!»

Sie stürmten hinein.

Der Caféraum war leer.

Anita, Hark und Julia traten in den Garten. Sie konnten nicht glauben, was sie sahen. Sämtliche Gäste standen auf dem Rasen und bildeten ein exaktes Quadrat, jeweils vier Leute in einer Reihe, in vier Reihen hintereinander. Julia erkannte Urs, Gonzo und andere Freunde und Bekannte. Henry stand vor ihnen und spielte im Stehen E-Gitarre, Ramona und Renate hatten sich hinter einem Mikroständer positioniert und sangen mit geschlossenen Augen im Chor – und das richtig gut!

In 1580 we sailed our little ship
Around the Coast of Africa
down the gaza strip …
Mexico …

Der Text war gaga, aber egal. Sämtliche Tänzerinnen und Tänzer auf dem Rasen bewegten sich synchron nach einer festgelegten Choreografie: Sie drehten sich zur selben Zeit um die eigene Achse, rissen die Arme gemeinsam hoch und klatschten an einer verabredeten Stelle dreimal blitzschnell in die Hände. Es erinnerte Julia an Videoclips aus den Achtzigerjahren.

«Ihr seid zu früh», rief Willy, als er sie entdeckte. Seine Augen glänzten vor Begeisterung.

«Was ist das?», fragte Anita.

«Linedance», erklärte Henry. «Den werden wir auf eurer Hochzeit aufführen.»

«Es sollte eigentlich eine Überraschung werden», sagte Renate.

«Henry ist der beste Choreograf der Welt», kam es von Ramona.

Julia war fassungslos. In ihrem kleinen Friesencafé herrschte eine derartige Harmonie, dass sie schon wieder misstrauisch wurde. Zwei neue Hochzeitsgäste waren hinzugekommen: Kimya und seine Tochter Gloria aus Kenia, beide in bunt gemusterten Hosen und Shirts. Sie stürmten auf Hark und Anita zu, die sie herzlich umarmten. «Wie schön, dass ihr da seid!»

«Nice to be with you», rief Kimya.

«And you are Hark's pretty girlfriend?», erkundigte sich Gloria begeistert, als sie vor Anita stand.

«Yes, she is!», rief Hark. «Anita, ich möchte dich meinen Freunden vorstellen.»

«Very nice to meet you.»

Hark strahlte sie glücklich an und zog sich sofort mit ihnen an einen Tisch zurück. Sie hatten sich eine Menge zu erzählen.

«Hättest du das gedacht?», fragte Anita später. «Unsere Gäste sind überglücklich.»

«Ein echtes Wunder», erwiderte Hark.

«Dein Neffe wickelt sie alle um den Finger.»

Sie gingen mit Julia in die neu eingerichteten Räume im Nachbarhaus. Henry hatte während ihrer Abwesenheit ein halbes Dutzend weitere Betten aufgebaut und die neuen Gäste dort untergebracht. Klaas, Urs und Willy hatten ihm geholfen. Julia war unendlich dankbar, für weitere Schlafgelegenheiten war jetzt schon gesorgt.

Anita grinste. «Du solltest hier eine Pension eröffnen, schon mal dran gedacht?»

«Nun mal ganz ruhig, eins nach dem anderen.»

«Das bietet sich doch an, mit dem kleinen Friesencafé gegenüber …»

Oma hatte das Blumenhaus Koslowski aufgebaut und über Jahrzehnte geführt. Als Vollblut-Unternehmerin hatte sie sich immer wieder neue Kundenkreise erschlossen, bis sie in Gelsenkirchen und Umgebung fast alle Galas und andere Großveranstaltungen mit Blumen versorgte.

«Erst mal eure Hochzeit, dann sehe ich weiter.»

«Ich habe schon mal ganz unverbindlich mit Gesine von der Nordfriesland-Bank geredet. Sie würde gerne als Teilhaberin einsteigen.»

«Ah ja?»

Anita lächelte. «Das würde ich ablehnen. Denn das bedeutet, sie rechnet fest damit, dass die Friesenpension gut laufen wird.»

«Ich gebe meine Unabhängigkeit nicht auf», sagte Julia mit Nachdruck.

«Ganz richtig, meine Liebe. Lass mich mit ihr verhandeln. Mit dem Bankervolk kenne ich mich aus!»

Als es dunkel wurde, zog Henry seinen Smoking an, den er eigentlich für die Hochzeit vorgesehen hatte. Darin sah er fast so aus wie sein großes Idol Frank Sinatra. Julia stellte die Lampions an, die dem Garten etwas Märchenhaftes gaben. Henry sang Klassiker wie «New York,

New York» und «My Way», das Orchester dazu kam aus seinem Laptop. Woher hatte er seine derartig gute Stimme? Der hätte Profimusiker werden können. Julia kam aus dem Staunen nicht heraus.

Der Garten im kleinen Friesencafé wurde zur Broadwaybühne, die Gäste tanzten barfuß auf dem Rasen. Dann übernahm Kimya das Mikro und sang einige Titel von Stevie Wonder, und zwar so intensiv, dass alle dahinschmolzen.

«War das schön!», seufzte Anita.

«Allerdings», flüsterte Hark ergriffen und nahm ihre Hand. Als Kimya fertig war, umarmte er seinen Freund herzlich. «Singt Gloria auch?», erkundigte sich Hark.

«Meine Tochter ist leider total unmusikalisch», erklärte er lachend.

Danach wagte sich Ramona auf die Bühne, ihre Unsicherheit war ihr deutlich anzumerken. «Ich möchte euch meinen Lieblingssong vorsingen», kündigte sie mit leiser Stimme an. «Er begleitet mich schon seit Jahren und richtet mich immer wieder auf, wenn die Luft mal dünne wird.»

Henry wählte in seinem Handy die entsprechende Begleitmusik aus, dann setzte Ramona an. Sie sang «Respect» von Aretha Franklin, vielleicht nicht jeden Ton richtig, aber man kaufte ihr die schöne Wut ab, die der Song brauchte. Es war beeindruckend.

Alle klatschten begeistert Beifall. Als Zugabe gab es «What's Love Got To Do With It» von Tina Turner.

«So soll es auch auf unserer Hochzeit werden», sagte

Anita und strahlte Henry, Kimya und Ramona an. «Singt ihr das dann auch? – Bitte, bitte!»

Die drei lächelten.

Es war nur noch eine knappe Woche bis zur Feier, und plötzlich war alles gut. Jedenfalls sah es so aus …

18

Jetzt wird es langsam ernst, dachte Hark, als er den Pinsel in den Farbeimer tauchte und die Brücke der Nordsand hier und da nachlackierte. Sein altes Schiff sollte glänzen wie in seinen besten Tagen, wenn sie damit auf ihre Lieblings-Sandbank im Wattenmeer fahren würden, um dort zu heiraten.

Nach einer Weile hörte er hinter sich das Tuckern von Gonzos Krabbenkutter. Der wurde wie immer von kreischenden Möwen umschwärmt, die auf ein paar Fischreste hofften.

Hark stellte sich an die Achterreling. «Moin.»

«Moin, Hark», rief Gonzo. «Na, bei dir geht's bald los, was?»

«Hör bloß auf.»

«Willst du etwa 'nen Rückzieher machen, oder was?»

«Nee, Gott bewahre, aber mit 'ner Hochzeit kommen Sachen auf dich zu, das ahnst du nicht.»

«Deswegen habe ich mich ja immer vor der Ehe gedrückt.» Gonzo war öfter liiert gewesen, aber nie verheiratet.

Hark kratzte sich am Kinn. «Sag mal, wie ist das eigentlich mit dir und tanzen?»

«Mein Hüftschwung ist legendär.»

«Ernsthaft?» Darauf wäre er nicht gekommen. Gonzo war ein «ganzer Kerl», wie man so sagte, breit, groß und schwer, nicht gerade die allerbeste Voraussetzung für tänzerische Eleganz.

«Als Krabbenfischer bist du immer auch Tänzer», fügte Gonzo hinzu.

«Der mit den Fischen tanzt, oder was?»

«So ist es! Wenn der Ausleger mit den Netzen zu dir rüberschwingt, musst du schnell zur Seite tanzen.»

«Mit der Hüfte.»

«Nee, da musst du mit dem ganzen Körper ran. Was bei mir ziemlich gut aussieht, denke ich, fast akrobatisch.»

Hark hob die Augenbraue. «Sagt wer?»

«Es sieht ja keiner außer den Möwen. Aber wenn die sprechen könnten …»

«Und wie sieht das außerhalb des Kutters aus?»

«Du meinst auf einer echten Tanzfläche?»

«Jo.»

«Heavy Metal, Folk, Walzer – habe ich alles im Programm!»

Hark blieb skeptisch. Er hatte Gonzo noch nie tanzen gesehen, weil er meist als Musiker auf den Inselbühnen stand und für andere spielte, anstatt selbst zu tanzen. Hark warf einen flehenden Blick in den Himmel. Dann gestand er: «Ich muss es dringend lernen.»

«Enno macht doch bei euch im kleinen Friesencafé einen auf Tanzlehrer.»

«Sonst weißt du keinen auf der Insel?»

«Hast du nicht mal einen Kurs bei ihm besucht?»

«Das war nicht so dolle.»

Der Tanzkurs war ein Albtraum gewesen, an den Hark möglichst nicht zurückdenken wollte. Enno hatte sich andauernd Anita geschnappt, wenn er etwas vorführen wollte, er selbst war sich wie der letzte Depp vorgekommen. Dieser Affe hatte Anita derartig angemacht, das schrie nicht nach Wiederholung.

«Sonst kenne ich auf der Insel niemanden, der infrage käme», sagte Gonzo.

«Schade.»

«Geht denn eine Hochzeit nicht auch ohne Tanzen?»

«Für mich schon, aber für Anita nicht.»

«Tja.»

«Dann muss ich mich halt weiter umhören.»

«Oder du kommst zu mir auf den Kutter, dann lernst du es von selbst.» Gonzo grinste.

«Danke fürs Angebot.»

Natürlich wusste Hark, dass seine ehemalige Schulkameradin Birte perfekt tanzte, aber mit ihr war das ausgeschlossen. Das war schon mal schiefgegangen, und Anita war schwer eifersüchtig geworden. Diesen Fehler würde er kein zweites Mal begehen.

Als Nächstes probierte er es bei Julia im kleinen Friesencafé. «Könntest du mir vielleicht den Eröffnungstanz beibringen?»

Die winkte ab. «Du, Hark, sei mir nicht böse, aber ich habe gerade so viel um die Ohren, dafür reicht meine Zeit nicht.»

«Klar.»

Er setzte sich in einen Strandkorb und überlegte. Er musste wohl das tun, was er auf jeden Fall vermeiden wollte: den Hochzeitstanz bei seinem Erzrivalen Enno lernen.

Henry setzte sich zu ihm.

«Moin!», sagte Hark.

Henry trug heute eine dunkelrote Basecap ohne Aufschrift, die lässig aussah und hervorragend zu seiner Surfhose passte. Dazu zeigte er seinen freien Oberkörper, der sich sehen lassen konnte.

«Gud dai», erwiderte sein Neffe. Er benutzte das alte Fering, das übrigens nicht das Wort «Moin» kannte.

«Wo geit?»

«Besser als gut!»

«Kein Wunder, du gehörst eben nach Föhr.»

Henry nickte. «Aber du siehst irgendwie besorgt aus.»

Hark staunte. Sah man ihm das so deutlich an?

«Immerhin heiratest du bald, da solltest du glücklich sein.»

«Deswegen bin ich ja nicht 24 Stunden auf Droge.»

«Nicht?»

«Ich muss tanzen lernen», brummte Hark.

Henry klatschte begeistert in die Hände. «Das ist super, Tanzen bringt jede Menge Energie!»

Dem konnte Hark nicht zustimmen.

«Mir nicht.»

«Wieso das nicht?»

«Weil ich es nicht kann.»

«Aber ich kann es.»

«Wie schön für dich.»

«Rose und ich waren auf sämtlichen Tanzveranstaltungen, die es in New York gab, wir haben es geliebt, vor allem Salsa.»

«Ein langsamer Hochzeitswalzer würde mir schon genügen.»

«Wieso langsam? Schnell sieht viel besser aus.»

«Aber nur, wenn man es kann.»

«Komm her, ich zeig dir was …»

Henry stellte übers Handy die Musikanlage des Cafés an. «Spagat hast du drauf, oder?», fragte er.

«Was denkst du? – Klar!» Hark verzog keine Miene.

«Na dann.»

Es ertönte ein Stück mit Banjo und Geige: «Das ist eine Mischung aus Walzer und Western. Komm, stell dich neben mich.»

Hark platzierte sich neben seinem Neffen auf der Terrasse. Er kam sich behäbig vor wie ein Containerfrachter mit Schlepperbegleitung.

«Hände an die Hüften und einmal drehen!»

Das klang machbar.

«Dreimal klatschen, vor, zurück und vor.»

Zu seinem eigenen Erstaunen bekam Hark alles hin.

«Das passt perfekt zu unserem Linedance!», rief Henry.

Seine Augen glänzten. «Im Hintergrund bewegen sich alle Gäste in Formation, und du tanzt mit Anita auf die Leute zu.»

«Mensch, Henry, ich bin kein Cowboy! Ich brauche einen schlichten Hochzeitswalzer.»

«Warum nicht mal was Neues wagen? Wir fangen zusammen an, du schnappst dir Anita und tanzt mit ihr ein Solo, das sieht super aus. Eure Gäste haben den Linedance schon drauf, hast du doch gesehen.»

Wenn es klappte, war es wirklich mal etwas anderes. Hark begann, sich mit dem Gedanken anzufreunden.

Henry besaß eine entspannte Art, den Tanz so zu erklären, dass Hark jegliche Scheu verlor. Mit seiner Hilfe war ein Wunder passiert: Hark hatte die Schritte nicht nur verstanden, er konnte sie auch umsetzen. Natürlich mussten sie es noch ein paar Mal zusammen wiederholen, aber plötzlich glaubte Hark, dass es zu schaffen war. Ihm fiel ein Stein von Herzen.

Nach dem Mittagessen hatte Hark noch etwas Wichtiges mit seinem Neffen zu besprechen. Er machte sich auf, ihn im Gewusel des Gartens zu finden.

«Er fummelt an seinem Wagen herum», sagte Julia.

Hark ging nach vorne zur Straße. Dort stand Henrys Käfer, die Motorraumklappe hinten war geöffnet, Henry zog eine Mutter am Scharnier fest.

«Kaputt?», erkundigte sich Hark.

«Nee, aber bei einer alten Kiste wie dieser musst du hin und wieder mal eine Schraube anziehen.»

«Ich müsste noch mal wegen was anderem mit dir schnacken», sagte Hark.

«Gerne. Lass uns eine Spritztour über die Insel machen und dabei reden.»

«Gute Idee.»

Henry warf ihm den Zündschlüssel zu.

«Du fährst?»

Hark grinste. «Gerne.»

Allein, wie sich die Sitze anfühlten! Nicht dass sie besonders bequem gewesen wären, die von heute waren viel besser. Aber nur auf den alten Sitzen funktionierte die Zeitreise in die Sechziger. Hark drückte die schwergängige Kupplung, man musste entschlossen reintreten. Dasselbe galt für die Bremsen, die bei Weitem nicht so wirkungsvoll waren wie die heutigen. Da war defensives Fahren angezeigt.

Der Motor sprang sofort an, der raue Klang war die helle Freude: Der Käfer verbarg seine Geräusche nicht. Und wie sich das große Lenkrad aus Hartplastik anfühlte! Hark war in diesem Moment wieder zwanzig, sein erster Wagen war genau so ein gebrauchter Käfer gewesen. Es war aufregend, damit die alten Wege auf der Insel zu fahren.

Der Wagen löste eine Vielzahl von Erinnerungen aus, zum Beispiel an die frühere Meierei im Alkersum. Harks Großtante Selma hatte dort gearbeitet, er hatte bei ihr immer Milch in einer verschließbaren Kanne gekauft, zum Familienpreis. Selma fuhr ebenfalls einen Käfer mit geteiltem Brezelfenster hinten und machte damit Ausflüge auf Föhr. Fahrradfahren lehnte sie ab, was er damals sehr genoss, weil sie ihn überall hinfuhr und auch wieder abholte.

«Was ist aus deinem Käfer geworden, mit dem wir damals nach New York gefahren sind?», fragte Hark.

«Den hat ein Hippie gekauft, ich habe ihn noch ein paar Mal in Montauk gesehen.»

Hark hielt auf dem Parkplatz hinter dem Kurhaus von Utersum. Sie gingen zusammen auf den Deich und setzten sich auf die breite «Sonnenuntergangsbank». Von hier aus konnte man zusehen, wie die Sonne zwischen der Südspitze von Sylt und der Nordspitze von Amrum in der offenen See versank.

«Und, wie gefällt dir Föhr?», fragte Hark.

«Kolossal.»

Hark freute sich jedes Mal wieder über die alten deutschen Vokabeln, die Henry gebrauchte. So sagte er manchmal «ulkig», «kolossal» oder «picobello», was heute kaum noch in Gebrauch war.

«Warum heißt Föhr eigentlich nicht ‹Föhrum›?»

«Wieso sollte es das?»

«Utersum, Nieblum, Oldsum, Dunsum – fast alle Orte auf der Insel haben ein ‹-um› am Ende.»

«Ja, das stimmt.»

«Erinnert mich an die ‹-hamptons› bei uns auf Long Island: Southampton, East Hampton, Bridgehampton.»

«Es ist auf Föhr alles ein bisschen anders als in New York.»

Henry nickte. «Ihr habt die ‹-ums›, wir die ‹-hamptons›. Ansonsten ist es hier viel schöner.»

«Das liegt an der guten Nordseeluft.»

«Und an den Menschen.»

«Du meinst die Damen, nehme ich an.»

Henry winkte ab. «Weißt du, in New York lebe ich total alleine. Aber hier im kleinen Friesencafé bin ich die ganze Zeit unter Menschen. Das ist völlig neu für mich.»

«Du und alleine?» Hark konnte es kaum glauben. «So einige Frauen hier sind sehr von dir angetan.»

«Ach, hör auf.»

«Komm, das merkst du doch.»

Henry schaute auf die Nordsee, die sich heute außergewöhnlich ruhig zeigte. «Ich bin von *ihnen* angetan, würde ich sagen.»

«Was ist denn mit Ramona und Renate?»

«Ich habe sie lediglich ausgeführt.»

Das hörte sich altmodisch-edel an.

«Oh, ein echter Ritter.»

«Was ist noch mal ein ‹Ritter›?», fragte Henry.

«A knight.»

«Ja, ich bin der letzte Ritter der Welt.»

Hark lachte. «Soso. Willst du nicht auf unserer Ägypten-Tour auf dem Nil für ein paar Tage zu uns stoßen?»

«Frag lieber erst mal Anita. Immerhin bin ich *deine* Verwandtschaft, nicht ihre.»

«Sie würde sich freuen, das weiß ich.»

«Sicher?»

«Unsere Hochzeit macht aus zwei Familien eine.»

«Wenn du das sagst …»

Hark räusperte sich. «Davon abgesehen, habe ich noch ein anderes Anliegen an dich.» Er schaute Henry fest in die Augen.

«Oha, was kommt nun?»

«Du kannst auch Nein sagen.»

«Um was geht es?»

«Du stehst mir von unserer Familie am nächsten.»

«Ist das so?»

«Zweifellos.»

«Umgekehrt genauso.»

«Deswegen fände ich es besonders schön, wenn jemand aus meiner Familie auf meiner Hochzeit ein wichtiges Amt übernimmt.»

«Ein Amt?»

Hark räusperte sich. «Ich würde mich freuen, wenn du mein Trauzeuge wirst, Henry.»

«Aber wir haben uns fünfzig Jahre nicht …»

Das zählte für Hark nicht. «Du bist ein echter Föhringer und gehörst zu uns Paulsens.»

«Ernsthaft? Ja, das wäre schön.» Seine Stimme war brüchig, als er das sagte.

«Also, machst du es?»

«Was muss ich tun?»

«Unterschreiben, dass du dabei warst, als wir geheiratet haben.»

«Das ist alles?»

«Ach ja, anschließend musst du ungefähr zehntausend Euro an mich zahlen.»

Henrys Augen weiteten sich.

«Nein, Quatsch! Du wirst offiziell von Finn-Ole in unsere Heiratsurkunde eingetragen, und das war es.»

«Wieso von Finn-Ole?»

«Er ist Bürgermeister und Standesbeamter.»

«Wow!»

«Ach ja, und dann tanzt du mit der Trauzeugin von Anita nach unserem Hochzeitstanz.»

«Wer ist denn ihre Zeugin?»

«Julia.»

«Sehr schön.» Henry lächelte. «Dann studiere ich auch mit ihr einen Tanz ein.»

«Muss nichts Großes sein.»

«Lass mich mal machen.»

Sie gaben sich High Five.

Als Hark eine Stunde später zurück in sein Haus gehen wollte, fing Willy ihn ab.

«Hast du einen Moment, Hark?»

«Klar.»

«Setzen wir uns.»

Sie gingen zu einem abgelegenen Tisch, gleich neben den Blumenbeeten.

«Ich muss dich noch mal vor Henry warnen», zischelte er.

Hark holte tief Luft. «Ich habe dir doch klipp und klar gesagt …»

«Er ist ein Betrüger.»

«Was redest du da?»

«Ich habe im Internet recherchiert. Dein Henry war nie Leuchtturmwärter in Montauk!»

Hark wäre am liebsten explodiert, aber Willy tat ihm auch ein bisschen leid. «Henry ist mein Neffe, er gehört zu meiner Familie, also wirklich!»

«Ich könnte dir ein paar Links geben, du würdest staunen.»

Es reichte. «Ich warne dich, Willy, noch ein böses Wort über Henry, und du fliegst über Bord!» Das war eine klare Ansage, auch wenn sie metaphorisch gemeint war.

«Und dein Neffe heißt wirklich Henry Paulsen?»

«Wie denn sonst?»

«Man findet unter diesem Namen nur andere Henry Paulsens.»

«Ich muss dann wieder», Hark stand auf.

«Ich wollte es nur gesagt haben.»

«Jaja.»

Was für ein Spinner, dachte Hark, als er ins Haus ging. Vermutlich war er seit Jahren heimlich in Renate oder Ramona verliebt und verkraftete nicht, dass Henry ihm mit seinem Charme die Show stahl. So etwas war ja auch bitter.

Seinem Neffen würde er von alldem nichts erzählen. So einen Unfug hatte er wirklich nicht verdient, nicht nach dem, was er alles für die Stimmung unter den Hochzeitsgästen getan hatte. Anita hielt er ebenfalls besser raus. Sie sollte sich auf die Hochzeit freuen und sich nicht über nörgelige Spinner aufregen.

19

Natürlich kann man in einem Käfer auch schlafen, das haben in der langen Geschichte dieses Automobils bestimmt Zigmillionen Menschen gemacht. Ich habe den Wagen in der Nacht hinter einem Busch auf einem einsamen Feldweg zum Strand geparkt. Ich muss sagen, es war eng und unbequem. Aber was soll's, ein Käfer ist eben kein Campingwagen.

In der Nacht bin ich mehrmals mit Rückenschmerzen aufgewacht und habe in die Sterne geblickt. Es hat mich getröstet, in dieses unendliche Universum zu gehören, zumindest als winzig kleiner Teil davon. Irgendwann ging die Sonne auf und hat mich geweckt. Die Frontscheibe ist wie eine Kinoleinwand, auf der heute Morgen der schönste Film der Welt gezeigt wird: die ersten Sonnenstrahlen, der Himmel und das Meer mit weißen Schaumkronen auf den Wellen.

Ich öffne die Wagentür und gehe zum Strand. Der Blick zwischen den Nachbarinseln Amrum und Sylt hindurch auf die offene See ist einer meiner Lieblingsplätze auf Föhr. Es weht eine steife Brise, das Meer ist aufgewühlt, vom Wasser weht mir salzige Gischt ins Gesicht. Bei solchem Wetter ist niemand am Strand, zu dieser frühen

Stunde sowieso nicht. Auf der anderen Seite des Meeres liegen Long Island und New York, wo ich mein gesamtes bisheriges Leben verbracht habe. Eigentlich möchte ich dorthin nicht zurück. Aber es muss sein, noch vor der Hochzeit. Ich bin aus dem kleinen Friesencafé geflohen. Endgültig.

Mein Gepäck habe ich bereits im vorderen Kofferraum meines Käfers verstaut. Dass ich Harks Trauzeuge werde, ist ausgeschlossen, spätestens jetzt muss ich die Reißleine ziehen und sagen: «Bis hierher und nicht weiter!» Dass ich nicht zur Familie Paulsen gehöre und auch nicht Henry heiße, sondern Jack, würde amtlich werden, wenn ich meinen Pass vorlegen würde. Ich hätte es nie so weit kommen lassen sollen.

Auf Föhr habe ich in der kurzen Zeit mehr Menschen kennengelernt als in Jahrzehnten in New York. Hark, Anita und die anderen haben es mir leicht gemacht, es passierte wie von selbst. Nun hat sich alles wieder geändert.

Jetzt rede ich auch hier mit niemandem mehr. Als wäre die Einsamkeit aus New York herüber nach Föhr geschwappt. Als ob sie mein Schicksal wäre, dem ich nicht entkommen kann, egal, wohin ich fliehe. Und dennoch bin ich selbst schuld, das kann ich niemandem in die Schuhe schieben.

Ich fahre jetzt zum Utersumer Kurhaus, lasse den Wagen dort stehen und gehe am Strand Richtung Nieblum. Vor mir läuft die Flut auf. Die Muscheln und kleinen Steine im Sand unter mir sind wie eine eigene Welt, in die ich mich hineinträumen darf. Von oben sehen sie aus wie eine faszinierende Landschaft, die ich überfliege. Das Nordseewasser umspült meine Füße, was sich angenehm anfühlt.

Zum Abschied klappere ich noch einmal meine Lieblingsorte auf der Insel ab. Als Erstes fahre ich über die Traumstraße zu den prächtigen weißen Kapitänshäusern in Nieblum. Ich parke vor der Kirche St. Johannis, dem sogenannten Friesendom, und gehe über den alten Friedhof. Viele, die hier begraben sind, sind zur See gefahren, nach Indien oder als Walfänger in Grönland. Im Inneren der Kirche setze ich mich auf eine Holzbank. Meine Haut kribbelt noch von den wilden Wellen, mir ist angenehm warm. Von der Decke hängt das Modell eines uralten Segelschiffs. St. Johannis wurde im 11. Jahrhundert das erste Mal erwähnt, das beeindruckt mich.

Wenn ich zurück nach New York gehe, wird alles schlimmer werden als zuvor. Hier auf Föhr habe ich nach langer Zeit wieder erfahren, wie es sich anfühlt, rundum glücklich zu sein. Alle sind mir gegenüber freundlich gewesen. Hätte ich noch eine Chance bei ihnen, wenn sie wüssten, wer ich wirklich bin? Wohl kaum.

Hark wird erschüttert sein, dass ich nicht sein Neffe bin, wie alle anderen auch. Dass ich in Wahrheit ein Blender bin. Und noch nicht mal ein besonders guter, ich habe ihm sogar erzählt, dass ich Leuchtturmwärter war und jetzt Dolmetscher bin, was ja stimmt. Ich werde ihnen schreiben und versuchen, alles zu erklären. Niemand wird es verstehen, wie auch? Es würde mir umgekehrt nicht anders gehen. Ein paar Tage will ich noch bleiben, noch kann ich einfach nicht weg.

Hoffentlich treffe ich nicht zufällig jemanden aus Harks Familie oder die anderen aus dem kleinen Friesencafé. Föhr ist relativ klein, da ist das jederzeit möglich, außerdem ist mein Auto auffällig.

Ich parke den Käfer mitten in der flachen Marsch und setze mich auf eine Bank, die hier steht. Irgendwann tauchen zwei Jugendliche auf Fahrrädern neben meinem Wagen auf, ein dünner Junge und ein Mädchen mit langen Haaren. Sie radeln den Feldweg mit Mountainbikes entlang und bleiben vor meinem Oldtimer stehen.

«Guck mal, ein alter VW», sagt das Mädchen.

«Aus den USA», staunt der Junge mit Blick auf das Kennzeichen.

«New York.»

Ich erhebe mich von meiner Bank. «Moin.»

«Moin. Ist das ein Käfer?», fragt der Junge.

«Ja», antwortet seine Freundin.

«Habt ihr am Wochenende schon was vor?», frage ich.

«Wir wollen zu einer Party auf dem Festland.»

«Habt ihr schon einen Führerschein?»

Sie nicken.

«Wollt ihr vielleicht mit meinem Oldtimer dorthin fahren?»

Die beiden gucken mich überrascht an. Ich gebe ihnen den Zündschlüssel. Es ist eine spontane Idee. Wenn mein auffälliger Käfer die Insel verlässt, sucht mich hier niemand mehr.

«Danke», murmelt der Junge.

«Bekommt ihr auch so schnell einen Platz auf der Fähre?»

«Das geht schon klar», sagt das Mädchen. «Mein Vater ist Lademeister bei der Reederei.»

«Na dann. Bringt ihn mir übermorgen früh zurück zum kleinen Friesencafé, okay?»

«Ja natürlich.»

«Passt ein bisschen mit den Bremsen auf, die sind bei einem Oldtimer nicht so gut wie bei den heutigen Autos.»

«Okay.»

Ich nehme meinen Koffer und den Daypacker aus dem Wagen und lege ihn auf die Bank. Sie steigen in meinen Käfer, das Mädchen übernimmt das Steuer. Sie knattern mit dem Wagen davon. Das Mädchen fährt, als hätte sie nie einen anderen Wagen gefahren. Ich selbst hatte den Motor in den ersten Tagen andauernd abgewürgt.

Plötzlich klingelt mein zweites Handy, das amerikanische.

Henry ist dran – der *echte* Henry!

«Hi, Brother», sage ich. So begrüßen wir uns immer, obwohl wir keine leiblichen Brüder sind.

«Hey, how are you? Lots of fun?», will er wissen.

«Geht so.»

«Komm schon, ich will alle Geschichten hören! Was ist mit den Frauen?»

«Was soll ich sagen? Deine Familie ist wunderbar.» Es ist die Wahrheit.

«Es ist auch deine Familie, Jack!», sagt er.

«Na ja.»

«Haben sie gemerkt, dass du nicht ich bist?»

«Nein, wie denn?»

«Super!»

«Hmm.»

«Ist was passiert?» Mein Tonfall lässt ihn aufhorchen.

«Ich dachte, das Ganze würde ein Riesenspaß werden. Aber deine Leute waren so dermaßen nett und herzlich zu mir. Ich eigne mich nicht als Betrüger.»

«Betrüger klingt so hart. Du bist ein Hochzeitscrasher, das ist ein Spiel, mehr nicht.»

Der hat gut reden!

«Stell dir vor, Hark wollte mich zu seinem Trauzeugen machen.»

Er jauchzt auf. «Besser kann es doch gar nicht laufen.» Anders als für mich ist die ganze Aktion für ihn immer noch ein Spaß.

«Dazu braucht er meinen Pass. Das ist das Ende.»

Henry holt hörbar Luft. «Ich bin gerade zufällig in London. Was hältst du davon, wenn ich morgen auf Föhr vorbeischaue?»

«Dann wäre das Chaos perfekt.»

«Wir sagen Hark einfach die Wahrheit, und alles wird gut.»

Das glaube ich nie und nimmer!

«Für dich vielleicht, aber mir werden sie nicht verzeihen.»

«Warum denn nicht?»

«Weil ich sie belogen habe.»

«Also, soll ich nach Föhr kommen oder nicht?»

«Von mir aus.»

«Ich fliege morgen früh nach Hamburg, von dort geht ein Zug zum Fährhafen Dagebüll. Ich rufe dich an, wenn ich auf der Insel bin, okay?»

«Alles klar, bis dann.»

Wir legen auf.

Was wird passieren, wenn Henry hier auftaucht? Für mich nichts Gutes, das steht fest. Oder kann Henry es doch schaffen, mich bei Hark und Anita rauszuhauen?

Wo ich hier so alleine in der Marsch sitze, muss ich wieder an die Native Americans auf Long Island denken. Im Winter zogen sich die Montaukett in die Eichenwälder im Inneren der Insel zurück, in den wärmeren Monaten lebten sie an der Küste. Sie waren bekannt für die Herstellung von Ketten. Die Stränge aus Muschelperlen entwickelten sich zu einem wichtigen Zahlungsmittel beim Handel mit den weißen Siedlern, wurden aber auch als persönlicher Schmuck geschätzt. Ihr Leben war einfach, aber sie blieben stets zuversichtlich, egal, was geschah. Wie haben sie das hinbekommen?

20

Julia hatte das kleine Friesencafé in die schönste Hochzeitslocation verwandelt, die man sich vorstellen konnte. Im Garten spannte sie zwischen den Reetdachhäusern kreuz und quer Leinen, an denen sie Lampions befestigte, abwechselnd in friesisch-blau-weißem Muster oder bunt in den Farben des Regenbogens. Hier und da stellte sie alte Milchkannen auf, in denen sie Bündel voller Schilfhalme drapierte. Dazu platzierte sie im Garten kleine Stehtischchen. Als es dämmerte, stellte sie die Lampions an und war zufrieden: Die schlanken Schilfhalme nickten unmerklich den Lampions zu, die wiederum erhaben die Tische in Szene setzten. So ungefähr musste der Garten Eden ausgesehen haben – falls er in Nordfriesland gelegen hatte.

Die Willys kamen gerade aus dem Caféraum, gefolgt von Gonzo im dunkelblauen Fischerhemd, Urs, Janwillem, Marijke, Gloria in bronzefarbenem Kleid sowie ihr Vater Kimya im Anzug, Pavel aus Prag und die anderen Gelsenkirchener, die mittlerweile eingetroffen waren, waren auch dabei. Und natürlich kamen Anita und Hark neugierig aus ihrer Wohnung, um zu sehen, wie ihre Hochzeitslocation aussehen würde. Alle waren begeistert.

«Es ist paradiesisch.» Anita umarmte ihre Enkelin. «Danke, meine Julia.»

«Ich möchte den Garten nie mehr verlassen», sagte Hark. «Jede Minute, die es hier so aussieht, will ich genießen.»

«Es muss nur das Wetter mitspielen», meinte Urs.

«Was sagt die Vorhersage?»

«Ach, die irren sich doch andauernd», brummte Gonzo.

«Also Wind und Regen?»

Der Krabbenfischer winkte ab. «Bestimmt nicht, Föhr ist erwiesenermaßen eine Sonneninsel.»

Anita lächelte. «Zum Glück.»

Julia schenkte auf Wunsch der Gäste heute überwiegend alkoholfreie Getränke aus. Alle quatschten lange und ausgiebig miteinander, es wurde Soul-Musik angestellt, Ramona und Gonzo tanzten vorm Kräuterbeet.

«Wo Henry bloß steckt?», fragte Julia.

«Keine Ahnung», Ramona hielt mit dem Tanzen inne. «Er sollte längst hier sein.»

«Der wird schon noch kommen», meinte Gonzo.

«Er geht auch nicht ans Handy.»

«Machst du dir Sorgen?», fragte Gonzo.

«Nicht direkt», sagte Julia.

«Vielleicht ist sein Akku alle.»

«Dann würde er doch trotzdem kommen.»

«Akku alle, vergessen zu tanken, Portemonnaie verloren? Manchmal kommt alles zusammen», überlegte Ramona laut.

«Ein bisschen viel auf einmal, findest du nicht auch?»

«Es gibt so Tage …»

Julia ging weiter zu Hark, der mit Anita, Gloria und Kimya an einem Tisch saß. «Weißt du zufällig, wo Henry steckt?»

Hark winkte ab. «Der kommt noch, immerhin ist er mein Trauzeuge.»

Julia beschloss, das einfach mal zu glauben, alles andere war schwer vorstellbar. Sie freute sich über das Wunder, das sich in ihrem Garten ereignet hatte: Spätestens seit Henrys Linedance hatten die Hochzeitsgäste zusammengefunden und konnten nun alle etwas miteinander anfangen. Später kam Hark zu Julia an die Bar, wo sie gerade alkoholfreie Cocktails vorbereitete.

«Meinst du, Henry hat *noch eine* Frau?», erkundigte sie sich.

«Wie meinst du das?»

«Na, außer Ramona und Renate.»

«Henry ist kein Aufreißer.»

«Sagst du.»

«Weil ich es weiß. Da steckt ganz bestimmt niemand anderes hinter.»

«Er kommt heute Abend nur etwas später?»

Hark nickte. «Vielleicht ist ihm hier im Café alles zu hektisch geworden, und er will die Nacht alleine am Strand verbringen.»

«Dann hätte er doch Bescheid gesagt, oder?»

«Er wird auftauchen.»

Den Gedanken, dass es anders kommen könnte, ließ er einfach nicht zu.

Am nächsten Morgen zum Frühstück im Garten war Henry immer noch nicht da. Sein Bett war unberührt geblieben, wie Julia mit einem Blick in sein Zimmer festgestellt hatte. Sie setzte sich zu Hark und Ramona.

«Komisch», murmelte sie.

«Was sollen wir tun?», fragte Ramona.

«Bei ‹Mann über Bord› gilt es vor allem Ruhe zu bewahren», sagte Hark. Seine Stimme klang allerdings alles andere als ruhig. «Steht sein Käfer noch vorm Haus?»

«Nee.»

Hark schnappte sich seine Autoschlüssel. «Ich guck mich mal auf der Insel um. Sein Wagen ist derartig auffällig, den finde ich.»

«Ich drücke die Daumen.»

«Henry ist nicht verschwunden», beharrte Hark.

«Ich komme mit», sagte Julia spontan. «Vier Augen sehen besser als zwei.»

Sie sprang zu ihm in den alten Mercedes.

Als Erstes fuhren sie ins nahe gelegene Dunsum.

«Ich mache mir große Sorgen», bekannte Hark nun ehrlich. «Da war etwas in Henrys Stimme, was besorgniserregend klang. Das ist mir aber erst im Nachhinein aufgefallen.»

«Worüber habt ihr denn geredet?», fragte Julia.

«Ich habe ihn gefragt, ob er mein Trauzeuge sein will.»

«Und?»

«Er hat zugesagt, aber er wirkte dabei nervös.»

«Das kann Lampenfieber gewesen sein. Gibt es denn

keinen Anhaltspunkt, wo er sein könnte? Wo ihr auf der Insel wart oder worüber ihr geredet habt?»

«Er fand alles auf Föhr toll.»

«Womit er ja recht hat.»

Sie fuhren die Insel systematisch ab. In der Marsch konnte man weit blicken, dort setzten sie Harks starkes Fernglas ein, das er auf hoher See benutzt hatte. Dann kurvten sie durch Oldsum, anschließend ging es nach Süderende, Utersum, Borgsum, Nieblum und weiter nach Wyk. Sie konnten natürlich nicht in jede Garage oder Scheune blicken, aber wenn der auffällige amerikanische Käfer-Oldtimer irgendwo draußen stand, würden sie ihn entdecken. Parallel telefonierte Hark mit zig Insulanerinnen und Insulanern, ob jemand ihn gesehen hatte.

Fehlanzeige. Henry und sein Käfer blieben wie vom Erdboden verschluckt.

Dann kam plötzlich von Thore aus dem Surfcamp eine SMS, die sie in eine Schockstarre versetzte: Henrys Jacke und sein Rucksack lagen am Strand!

«Ist er etwa alleine ins Watt gegangen?», flüsterte Julia.

«Wir haben auflaufendes Wasser, das wäre sehr gefährlich.»

«Meinst du wirklich, dass er das tun würde?»

«Er war sehr melancholisch …», sagte Hark.

«Auf mich wirkte er wie ein Sonnyboy.»

«Ich glaube, das täuscht.»

«Wie kommst du darauf?»

«In New York ist er wohl sehr einsam gewesen.»

«Ich dachte, dort ist er der totale Partygänger.»

Hark schnappte sich sein Handy und rief den leitenden Kapitän Kai Trulsen bei der W. D. R.-Reederei an.

«Könnt ihr bitte eine Nachricht an alle Fähren rausgeben? Vielleicht ist ein Wanderer allein im Watt unterwegs. Es handelt sich um meinen Neffen, Henry Paulsen, 67, schlank, grau melierte Haare.»

Kai Trulsen staunte. «Mit 67 ist er dein Neffe?»

«Das ist eine lange Geschichte und jetzt nicht wichtig.»

«Und er ist ins Watt gegangen? Sicher?»

«Es deutet einiges darauf hin.»

«Dann rufen wir lieber die Seenotrettung an.»

Hark überlegte einen Moment. «Ja, ist wohl besser. Er könnte irgendwo zwischen Amrum und Föhr im Schlick feststecken.»

«Der Heli ist in einer Viertelstunde bei euch.»

Hark wusste, dass in diesem Moment in Husum Alarm ausgelöst wurde und ein Hubschrauber abhob. Ihm war jetzt richtig schlecht vor Sorge.

Nach kurzer Zeit knatterte der Helikopter über Föhr ins Watt. Hark selbst konnte nicht einfach nichts tun. Mit Vollgas donnerte er in seinem Mercedes durch Wyk, um Henrys Käfer vielleicht doch noch irgendwo zu entdecken. Die Inselhauptstadt war nicht riesig, aber es waren doch eine Menge Straßen abzufahren.

Es ergab sich nichts. Als Letztes fuhren sie auf den Parkplatz im Hafen. Hark rollte zur Fährauffahrt, kurbelte die Seitenscheibe herunter und sprach einen der

Einweiser an, den er seit Jahrzehnten kannte. Er trug eine gelbe Warnweste.

«Moin, Peter», sagte Hark.

«Moin, Hark.»

«Sag mal, hast du zufällig einen alten Käfer mit Ami-Kennzeichen gesehen?»

«Ich hatte keinen Dienst, aber vielleicht weiß Hinnerk was.»

Er zückte sein Handy und telefonierte kurz mit dem Kollegen.

«Bingo! Ist vor einer Stunde an Bord gefahren, Richtung Festland.»

«Sicher?»

«Ein alter Käfer aus New York – wer soll das sonst gewesen sein?»

Julia und Hark schauten sich an.

«Das war Henry», meinte Julia.

«Das verstehe ich nicht!», rief Hark ungewohnt laut. «Henry ist abgehauen, ohne was zu sagen? Wieso das? Er ist mein Trauzeuge!»

Er stellte den Mercedes ab und schlich mit hängenden Schultern zum Sportboothafen, wo seine Nordsand lag. Julia hatte ihn noch nie so frustriert gesehen.

«Ich muss jetzt einfach eine Weile aufs Meer gucken», sagte er. «Du kannst meinen Wagen haben.»

Julia fuhr zurück ins kleine Friesencafé, wo noch viel zu tun war. Im Gastraum hatte ihre Oma gerade Feierabend gemacht. Der große Raum und der Garten waren mit der ganzen Dekoration kaum wiederzuerkennen. Es sah alles sehr festlich aus, und dies auf eine ganz eigene, friesische Art. Es würde das tollste Fest werden, das je auf Föhr gefeiert worden war, da war Julia sicher. Durch Henrys rätselhaftes Verschwinden würde sie sich ihre gute Laune nicht verderben lassen.

Ein schlanker Mann mit Glatze betrat den Raum.

«Hello!» Seine knallblauen Augen funkelten.

«Tut mir leid, wir haben schon Feierabend», sagte Julia.

«Schade», sagte er. «Ich will zu Hark.» Er sprach mit amerikanischem Akzent.

«Der ist nicht da – kann ich etwas ausrichten?»

«Ich bin sein Neffe Henry.»

Sie sah den fremden Mann an. Was wollte er? Entweder war er ein Lügner oder ein Verrückter.

«Wohl kaum!», antwortete sie.

«I can explain it.»

«Egal.»

«Well …»

«Für so einen Mist habe ich gerade keine Zeit.»

«But …»

«No – PLEASE!»

Der Mann zuckte mit den Achseln und verließ den Raum.

21

Am nächsten Morgen ging Julia hinüber zu ihrer Oma. Sie mussten sich unbedingt um das Brautkleid kümmern, die Schneiderin hatte bereits zweimal angerufen. Anita hatte ihren schwarzen Kimono an, den sie zu Hause gerne trug. Sie saß alleine auf der Terrasse und sah betrübt aus, als sich Julia zu ihr setzte.

«Ich habe mir meine Hochzeit anders vorgestellt.»

«Du meinst wegen Henry?», fragte Julia.

«Na ja, ich dachte, alle sind in Feierstimmung und wollen die schönste Hochzeit aller Zeiten feiern.»

«Komm, eure Gäste haben mit Henry einen Tanz eingeübt, wem wird so etwas schon geboten?»

Anita legte ein Lächeln auf, dann wurde sie wieder ernst. «Was ist, wenn Henry etwas passiert ist? Ich meine, wir feiern gerade, und es platzt eine schlimme Nachricht herein? Dann ist unser Hochzeitsfest auf einen Schlag beendet. Und was ist mit dem Ami, der behauptet, der wahre Henry zu sein?» Julia hatte ihr natürlich sofort davon erzählt. «Glaubst du dem?»

«Unsinn, niemals! Aber irgendetwas ist da im Busch.»

«Was sollen wir nun tun?»

Julia legte ihre Hand auf Anitas. «Es ist vollkommen

klar, was ihr tun sollt: heiraten! Deswegen sind Gäste aus der ganzen Welt angereist. Die könnt ihr nicht enttäuschen. Und euch selbst auch nicht.»

«Hark ist vollkommen von der Rolle, er zeigt es bloß nicht.»

«Das klärt sich, da bin ich sicher. Komm, lass uns los.»

Sie stiegen auf ihre Räder und radelten unter Wolken über die sogenannte Traumstraße in das Kapitänsdorf Nieblum. In diesem Teil der Insel mussten kleine Hügel bewältigt werden, die es nur hier gab, der höchste war etwa zehn Meter hoch. Es wehte ein frischer, salziger Wind, der nach Nordsee roch und heute netterweise von hinten kam, da ging es wie von selbst voran. Der Blick übers Meer hinüber nach Amrum war ein Genuss, die Nachbarinsel lag im Seenebel und sah aus wie eine Fata Morgana. Julia musste sofort an Finn-Ole denken, der gerade im Nebeler Amt arbeitete. Der letzte Stand war, dass seine Vertretung dort in vier Wochen enden würde. Das war eine echte Perspektive!

«Meinst du, mir steht die Föhrer Tracht?», fragte Anita.

«Sie adelt jede Frau.»

«Sogar mich?»

«Dich ganz besonders, Omma, Hark wird vor Begeisterung in Ohnmacht fallen.»

Anita lächelte. «Wehe nicht.»

Ihr Zukünftiger durfte nach alter Tradition das Brautkleid erst am Tag der Hochzeit sehen, daran hielt sie fest.

Die Empfehlung für Trachtenschneiderin Thekla war von sämtlichen Frauen im Frischemarkt Rickmers gekommen. Alle Insulanerinnen gingen zu ihr. Thekla lebte am Rand des Ortes in einer reetgedeckten Kate mit weiß getünchten Mauersteinen.

Anita klopfte an die Tür, und eine große schlanke Frau um die fünfzig öffnete. Ihr Gesicht und die Hände waren braun gebrannt, anscheinend war sie viel draußen.

«Moin, ihr zwei!», rief sie fröhlich und bat sie herein.

Ihr Wohnzimmer war blau gekachelt, das Geschirr auf dem Esstisch weiß-blau, nach friesischer Tradition. Thekla führte ihre Gäste nach nebenan ins Nähzimmer, in dem eine wunderschöne Tracht auf einem riesigen Tisch ausgebreitet war. Die Föhrer Sonntags- und Festtracht der Mädchen und Frauen sah besonders stilvoll aus, was auch an dem starken Kontrast zwischen heller Schürze und Filigranschmuck mit dem dunklen Stoff des Kleides lag.

«Die ist wirklich für mich?», fragte Anita.

Da die Trachten in der Regel von Generation zu Generation weitergegeben wurden, mussten sie immer wieder geändert werden. Das konnte von einer Körperform zur anderen durchaus extrem sein, aber Thekla war bekannt für ihr Geschick. Sie besaß ein Kleid von ihrer Mutter, darüber hinaus zwei von ihren Tanten. Aus einem von ihnen hatte sie die Tracht für Anita geschneidert.

Thekla half Anita beim Anlegen, was über eine Stunde dauerte. Der Trägerrock bestand aus dunkelblauem Tuch mit einer Weite von viereinhalb bis fünf Metern. Im Rückenteil war er kunstvoll gefaltet. Die untere Kante wurde von einem etwa acht Zentimeter breiten Saum aus hellblauer Moiréseide gebildet. Die Ärmel waren aus Samt und an einem Futterleibchen angenäht, um sie wechseln zu können. Die weiße Schürze war aus Batist gefertigt und mit Lochstickereien versehen, ein dreieckiges, dunkelrotes Schultertuch aus Seide hatte geknotete Fransen und war mit schwarzen Knopfnadeln auf dem Mieder festgesteckt. Insbesondere das Anlegen der Haube und deren Feststecken waren zeitaufwendig und verlangten viel Erfahrung und Geschick. Die Sicherheit und Ruhe, mit der Thekla vorging, war faszinierend. Unter das Kopftuch kam ein rotes, mit Perlen besticktes Häubchen. Es sollte anzeigen, dass diese Frau verheiratet war. An der Stirnseite des Kopftuches befand sich eine handgestickte Bordüre mit Blumenmuster und an den Seiten lange schwarze Fransen. Der Silberschmuck war in Vorzeiten durch Seefahrer aus Portugal eingeführt worden und kam auch heute noch von dort. Er bestand aus zehn bis zwölf Knöpfen sowie einer mehrgliedrigen Hakenkette mit einem Amulett in der Mitte, das Kreuz, Herz und Anker als Symbole für Glaube, Liebe und Hoffnung zeigte.

«Den Schmuck leihe ich dir», sagte Thekla.

«Wirklich?»

Das zeugte von großem Vertrauen.

«Meine Hochzeit wird die schönste Feier meines Lebens», sagte Anita.

«Es gibt da aber noch ein paar Hürden zu nehmen», gab Julia zu bedenken.

«Wieso so pessimistisch, Julia?», fragte Thekla.

«Es hat sich rumgesprochen, dass die Rentnerbande ein peinliches Spiel auf der Feier plant.»

«Nenne sie bitte nicht ‹Rentnerbande›, es sind immer noch meine Freunde.» Anita verzog das Gesicht.

Julia lächelte. «Ich wollte dich nur vorwarnen.»

«Hark mag solche Spiele noch weniger als ich.»

«Sie wollen herausbekommen, ob ihr euch wirklich versteht.»

Anita nickte. «Ich habe so was auf Hochzeiten schon öfter erlebt, meist war es einfach nur zum Fremdschämen.»

«Am Ende fragen sich alle, warum die Brautleute überhaupt heiraten wollen, wenn sie gar nichts gemeinsam haben», pflichtete Thekla bei.

«Wenigstens wissen Hark und ich das sehr gut», sagte Anita. «Was sind denn das für Fragen?»

«Ich habe mal im Internet nachgeschaut, da werden die sie auch herhaben.» Julia zückte ihr Handy und rief eine gespeicherte Seite mit Hochzeitsspielen auf.

«Spitzname des Bräutigams?»

Anita winkte lachend ab. «Sharky, das ist einfach.»

«Sein Lieblingsessen? Lieblingsgetränk?»

«Er isst alles gerne, bei Getränken ist es genauso.»

«Wie trinkt er seinen Kaffee und wie seinen Tee?»

«Kaffee schwarz, Tee mit Milch.»

«Mag er das Endstück vom Brot? Ja – nein – egal?»

«Er liebt es.»

«Welche Hälfte vom Brötchen nimmt er am liebsten?»

«Die obere.»

«Singt er unter der Dusche?»

Anita breitete die Arme aus. «Immer – und wie! Falsch ist gar kein Ausdruck!»

Thekla machte sich an der Haube zu schaffen, in einer Hand das Nadelkissen. «Bitte nicht bewegen», mahnte sie.

«Entschuldigung.»

«Vergiss nicht, Hark wird getrennt von dir befragt», sagte Julia. «Ihr solltet euch vorher absprechen.»

«Und es gibt da kein Entkommen?»

«Nein.»

«Aber es ist doch *unsere* Hochzeit.»

«Denkst du!»

«Und wenn wir uns weigern?»

«Unterschätze nicht den Gruppendruck.»

«Bei mir und meinem Peter war das auch furchtbar», bekannte Thekla.

«Was habt ihr dagegen gemacht?»

«Unser Fehler war, dass wir uns vorher nicht abgesprochen hatten, bei uns stimmte fast nichts überein.»

«Schrecklich.»

Thekla grinste. «Man rächt sich später dann bei anderen, die da auch durchmüssen.»

«Fiese Tradition.»

«So ist es nun mal. Danach kommt ja noch die Brautentführung. Die artet auf der Insel oft aus.»

«Will sagen?»

«Es sind schon Bräute aufs Festland verschleppt worden.»

«Das dauert dann ja ewig, bis sie gefunden werden.»

«So ist es.»

«Dazu wird es bei uns nicht kommen, wir sind zu alt», meinte Anita.

Das Anlegen der Tracht war vollendet. Anita machte ein paar Schritte mit ausgebreiteten Armen.

«Und? Wie sehe ich aus?»

«Ein Traum!», rief Julia.

In der Tracht sah Anita wirklich äußerst elegant aus.

Zwischendurch klingelte das Telefon, Thekla verschwand kurz. Anita betrachtete sich im Ganzkörperspiegel. «Ich fühle mich wie ein anderer Mensch», sagte sie.

«Du siehst aus wie eine friesische Königin.»

«Gab es jemals eine friesische Königin?»

«Bis heute nicht», sagte Julia lächelnd.

Als Thekla wieder hereinkam, wandte Anita sich leicht verunsichert an sie: «Ist es nicht seltsam, wenn ich eine Inseltracht trage?»

«Wieso das denn?»

«Na, ich stamme ja nicht von Föhr.»

Thekla lächelte. «Wir freuen uns über alle, die unsere Traditionen mögen. Es sieht prächtig aus, mien Deern. Wie sich das für eine Braut gehört!»

«Sie hat recht, Oma.»

Julia hatte mit Trachten nie etwas anfangen können. Einmal war sie zum Oktoberfest in München gewesen, und selbst da hatte sie Jeans und T-Shirt getragen. Trachten waren für sie etwas für Karneval. Deswegen war sie auf Föhr anfangs verwundert gewesen, dass hier junge Mädchen, die sich sonst modisch kleideten, zu festlichen Anlässen vollkommen selbstverständlich ihre friesische Tracht anlegten. Ab heute hatte sie ihre Meinung geändert.

«Am liebsten würde ich auch so eine haben», seufzte sie.

«Du erbst meine mal», versprach Anita.

«Die kann ich dann aber nicht auf deiner Hochzeit tragen.»

«Ich könnte dir eine leihen», bot Thekla an.

«Ernsthaft?»

«Meine Cousine hat ungefähr deine Figur, ich habe ihre Tracht gerade zum Ausbessern hier.»

«Und die würde ich bekommen?» Julia strahlte.

«Wenn ich mit ihr rede, bestimmt.»

«Ja, also gerne!»

Eine halbe Stunde später betrachtete Julia sich im Spiegel. Sie war angetan, wie festlich sie aussah. Natürlich war der aufwendige Silberschmuck der Braut vorbehalten, er wurde auf Julias Tracht durch Stoffapplikationen angedeutet.

«Steht dir bestens», fand Anita.

Das hätte ihr mal jemand prophezeien sollen, dass sie sich in einer Tracht gut fühlen würde!

«Na, ich würde sagen, wir arbeiten noch dran.» Thekla war Perfektionistin, kleine Änderungen würden von ihr noch vorgenommen werden.

Draußen klopfte es an der Tür.

«Ja?», rief Thekla.

Daraufhin kam ein helles «Moin» zurück, und Gesine stand im Raum. In der Nordfriesland-Bank, wo sie arbeitete, hatte sie immer konservative Hosenanzüge und Röcke an, am Schlagzeug der Fering Scorpions trug sie Männerunterhemd zu goldfarbenen Leggings. So würde sie auch auf der Hochzeit auftreten, das war Julia klar, und sie fand es auch sehr amüsant. Was Gesine in Theklas Trachtenschneiderei wollte, war ihr unklar.

«Oh, störe ich?», fragte Gesine mit Blick auf Anita und sie.

«Nein.»

«Ihr seht toll aus, Wahnsinn!»

«Du stehst auf Friesentracht?», fragte Julia.

«Ja, ich denke gerade darüber nach, auf der Hochzeit in Tracht aufzutreten», sagte Gesine. «Was meinst du dazu, Anita?»

«Wird dir am Schlagzeug dadrin nicht zu warm?»

«Ich brauche die Tracht nur für die ersten beiden Stücke, dann lasse ich sie fallen und trommle in Leggings weiter, wie immer.»

Alle lachten.

Gesine zuckte mit den Schultern. «Ein bisschen Show muss sein.»

«Aber dauert es nicht eine ganze Stunde, bis du die Tracht aushast?», fragte Anita.

Thekla lächelte. «Gesine bekommt von mir eine Spezialanfertigung mit Klettverschlüssen.»

Was natürlich ein Bruch mit der Tradition war, aber in diesem Fall wohl gerechtfertigt.

Die Anprobe versetzte alle in Feststimmung, sahen sie doch jetzt schon so aus wie auf der Hochzeit.

«Schöner geht's nicht, oder?», rief Julia.

«Wirklich nicht», bestätigte Gesine.

«Können wir übermorgen gegen neun zum Ankleiden kommen?», fragte Anita.

«Ich stehe zu eurer Verfügung», antwortete Thekla.

Thekla selbst würde auch zur Hochzeit kommen, ebenfalls in Föhrer Tracht, verstand sich.

Wie schön, dass die Kleiderfrage auf so wunderbare Weise gelöst war. Jetzt konnte das Fest kommen!

«Ich habe Angst», gab Anita zu, als sie vor der Tür standen.

«Warum denn, Omma?»

«Es kann noch so viel passieren!»

«An was denkst du?»

«Die Gäste, das Wetter, was weiß ich, ein Unfall.»

«Wie kommst du darauf?»

«Ach, ich möchte doch nur, dass alles funktioniert.»

«Das wird es – und weißt du, warum?»

«Nein.»

«Weil hinter den Kulissen unzählige Ameisen daran werkeln, dass es das schönste Fest aller Zeiten wird.»

«Danke, meine Julia, danke.»

Arm in Arm gingen sie zu ihren Fahrrädern.

22

Hark saß bei geöffnetem Fenster im Wohnzimmer und trank einen Friesentee in einer ganz eigenen Zusammenstellung. Der Duft der Kräuter aus dem Garten vermischte sich mit der salzigen Meeresluft und dem Teearoma, alles zusammen genoss er immer wieder aufs Neue.

Der Tag aller Tage würde morgen tatsächlich sein, wie lange hatten sie darauf hingefiebert. Das rätselhafte Verschwinden von Henry steckte er allerdings nicht so einfach weg. Wo war er bloß? Wieso war er von der Insel abgehauen, ohne sich zu verabschieden? Sie hatten sich doch wunderbar verstanden!

Hark hielt sich nicht für übertrieben harmoniesüchtig, aber er hätte schon eine Erklärung erwartet. Seine Hochzeit hatte damit eine schmerzhafte Lücke bekommen: Wenn Henry als Trauzeuge ausfiel, wer sollte für ihn einspringen? Kimya? Gloria? Klaas? Urs? Janwillem? Im Prinzip konnten es viele übernehmen, aber am liebsten hätte er jemanden aus der Familie gehabt, jemanden wie Henry. Laut Gesetz konnte man neuerdings auch ohne Trauzeugen heiraten, aber das kam für Anita und ihn nicht infrage, sie mochten diese Tradition. Er setzte immer noch darauf, dass Henry im letzten Moment auftauchte.

Anita schwebte lächelnd herein, sie trug ein leichtes dunkelblaues Sommerkleid, das ihr hervorragend stand. «Hallo, mein Liebster», hauchte sie und küsste ihn auf den Mund.

Er mochte es, «Liebster» genannt zu werden, das wusste sie genau.

«Dein Kleid sieht fantastisch aus. Das könntest du fast auf unserer Hochzeit tragen.»

Sie stupste ihn an die Nase. «Danke, aber da habe ich andere Pläne.»

«Wo kommst du gerade her?», fragte er scheinheilig.

«Geheimnis.»

«Wollten wir uns nicht immer alles offen sagen?»

«*Fast* alles.»

«So stand das aber nicht im Vertrag.»

«Noch habe ich nichts unterschrieben.»

«Dann warte ich eben bis morgen.»

Sein Großcousin Veit hatte Anita mit Julia in Theklas Haus huschen sehen, es war bekannt, dass sie die angesagteste Trachtenschneiderei auf der Insel betrieb.

Draußen fing es an, in Strömen zu regnen, und das sollte sich laut aktueller Vorhersage auch am Hochzeitstag nicht ändern. Auf der anderen Seite waren Prognosen für die Nordsee stets unsicher, Wind, Meer, Sonne und Wolken fiel immer wieder Unerwartetes ein. Vor allem war wichtig, dass der Seegang am nächsten Tag nicht zu stark würde. Die Trauung auf der Sandbank war abhängig von der Tide. Ihre Gäste würden während der Zeremonie an Bord der Nordsand und auf Gonzos Krabbenkutter ankern. Ein paar Tage nachdem Anita und er sich das Jawort gegeben hatten, würden sie dann mit der Nordsand nach Ägypten schippern. Wenn er ehrlich war, war das für ihn der eigentliche Höhepunkt des Festes. Alles fühlte sich rund an. Bis auf die Sache mit Henry.

Anita hatte ihm vorhin kurz von dem Kerl erzählt, der im Friesencafé aufgetaucht war und sich bei Julia als der «wahre» Henry ausgegeben hatte. Es wurde immer bizarrer.

«Wieso verschwindet mein Neffe und ein anderer Henry taucht auf?», fragte Hark, denn die Sache ging ihm nicht aus dem Kopf.

«Ach, das ist irgendein Spinner», meinte Anita. «Solche Typen erledigen sich in der Regel von selbst.»

«Und wenn nicht? Brauchen wir für unsere Hochzeit jetzt auch noch einen Rausschmeißer, der uns Ärger vom Leib hält?»

«Gonzo ist breit, an dem kommt keiner vorbei.»

«Da hast du recht … Ich muss noch mal los», sagte er.

«Was gibt es noch?»

«Ich möchte nachsehen, ob Julia auf der Nordsand Hilfe braucht.»

«Alles klar, ich habe hier auch zu tun.» Sie umarmten sich zum Abschied.

Als Gast musst du einfach nur feiern, dachte er. Für

die Brautleute ist eine Hochzeit immer Stress. So war es nun mal. Dafür bekam er seine Anita!

Zum Glück hatte es aufgehört zu regnen. Hark fuhr zum Hafen, stellte seinen Wagen vor Gonzos Geräteschuppen ab und ging über den nassen Steg zur Nordsand. Julia und Hafenmeisterin Wiebke hatten neben der Brücke zwei große Leitern aufgestellt und spannten gerade eine Leine mit bunten Papierblumen vom Heck über den Schornstein bis zum Bug.

Hark kletterte an Bord. «Soll ich die Leiter halten?»

«Nee, danke, geit!», rief Wiebke.

Als die Frauen fertig waren, strahlten sie. Die Blumen schaukelten fröhlich im Wind.

«Hoffentlich werden die bis morgen nicht weggeweht», sagte Wiebke.

«Ich habe jede einzeln mit einem Draht befestigt, das müsste halten», meinte Julia.

Hark war begeistert. «Du hast echt gezaubert, die Nordsand sieht damit aus wie ein Traumschiff.»

«Da musste ich gar nicht viel zufügen. Sie *ist* ein Traumschiff!»

«Für mich sowieso, und nach der Hochzeit mit Anita erst recht. Vielen Dank», sagte er leise zu Julia.

Julia kümmerte sich wirklich um alles, auch ums Buffet. Das Lammfleisch kam von Finn-Ole, das Gemüse von sämtlichen Bauern in der Umgebung, die kalten Platten mit Antipasti und Meeresfrüchten wurden von Katinka, die das Fering Wiartshus in Oldsum leitete, höchstpersönlich zubereitet. Katinka hatte dem kleinen Friesencafé zunächst feindselig gegenübergestanden. Inzwischen arbeiteten Julia und sie hervorragend zusammen. Denn für große Abendgesellschaften war die Küche des kleinen Friesencafés zu klein, da sprang Katinka gerne ein. Während Julia ihr regelmäßig mit frisch gebackenen Torten aushalf.

«Lampenfieber?» Julia sah Hark aufmerksam an.

Der winkte ab. «Ach was.»

«Cooler Seemann, oder wie?»

«Lampenfieber wäre stark untertrieben, es ist die blanke Panik.»

«Was sollte denn passieren?»

«Alles.»

«Du musst dich nur auf deinen Text konzentrieren, den solltest du möglichst nicht vergessen.»

Hark erschrak. «Was für ein Text?»

«Er besteht aus einem einzigen Wort.»

«Häh?»

«Nicht ‹Häh›!» Julia lachte.

«Sondern?»

«Ja!»

«Das muss ich wohl noch ein bisschen üben», brummte er. Er hätte gerne mit Julia und Wiebke einen Kaffee getrunken, aber dafür war keine Zeit. Die Damen hatten noch alle Hände voll zu tun.

Er fuhr zurück, um im Garten ein paar Kräuter zu zupfen. Er wollte daraus und aus Kohlrabi sowie Rote-Bete-

Knollen eine würzige Gemüsesuppe für sich und Anita kochen. Nachdem er mit viel Liebe sein Mahl zubereitet hatte, war er zufrieden. Es duftete herrlich, das würde sie beide beruhigen.

Als sie am Küchentisch saßen, schwärmte er: «Julia hat aus der Nordsand das schönste Schiff der Welt gemacht.»

«Das würde ich mir gerne ansehen.»

«Aber nur, wenn du mir dein Brautkleid zeigst.»

«Denke nicht mal dran, allein schon das bringt Unglück!»

«Siehst du, und genauso wäre es, wenn ein Kapitän der Braut sein geschmücktes Schiff vor der Hochzeit zeigt», entgegnete er.

Sie lachte. «Komm, das hast du dir doch gerade ausgedacht.»

«Von wegen, das ist eine alte Tradition!»

«Ich habe sowieso keine Zeit.» Anita gab ihm einen Kuss.

«Von meiner Zukünftigen habe ich gerade gar nichts», protestierte er sanft.

«Ab morgen wird das anders.»

«So spät?»

«Du könnest noch ein paar Blumen in Henrys Zimmer bringen», schlug sie vor.

«Wozu?» Immerhin hatte Henry all seine Sachen mitgenommen.

«Falls er doch wiederkommt», sagte sie leise.

«Er ist mit seinem Käfer auf die Fähre gefahren.

Er wird längst auf dem Festland und über alle Berge sein.»

«Die Hoffnung stirbt bekanntlich zuletzt. Vielleicht kommt er ja rechtzeitig wieder.»

Er hielt sich für einen notorischen Optimisten, aber Anita übertraf ihn in diesem Punkt um Längen. Wie schön!

Hark schnappte sich den Stuhl aus der Küche und trug ihn durch den Garten ins Nebenhaus, in dem die Gäste schliefen. Vor dem Eingang kam ein Mann auf ihn zu. Er war etwas jünger als er, in alten Jeans, einem Fritz-the-Cat-T-Shirt und leuchtend weißen Nike-Sneakers.

«Entschuldigung», sagte Hark. «Das Friesencafé ist heute und morgen geschlossen.»

«Hello Hark, hü gongt et?», grüßte der Mann auf Fering mit amerikanischem Akzent.

«Hello.»

«Long time no see.»

Hark zuckte zusammen. War das der Spinner, von dem Anita erzählt hatte?

«Äh, ich stehe gerade auf der Leitung.»

«Kennst du mich nicht mehr? Ich bin dein Neffe Henry, der Sohn von Brar und Nancy.»

«Was soll das? Mein Neffe Henry ist bereits hier.»

«Das war Jack.»

«Nein.» Hark ging ein paar Schritte auf ihn zu und ballte die Fäuste. «Raus!»

Der Mann hob abwehrend die Hände. «Mensch, Hark,

wir beide haben uns das letzte Mal vor fünfzig Jahren in Montauk gesehen. Von da aus sind wir mit meinem bunt bemalten Käfer nach New York gefahren, richtig?»

Hark sagte nichts dazu.

«Die Heizung im Wagen war kaputt und lief die ganze Zeit, obwohl wir 30 Grad im Schatten hatten. Im Central Parc haben Simon & Garfunkel gespielt. Paul Simon ist beim ersten Stück eine Gitarrensaite gerissen, ausgerechnet bei ‹Bridge over troubled water›.»

Hark war verblüfft, das stimmte alles.

«Sorry, das mit dem falschen Henry war ein Gag von Jack und mir. Wir haben die Idee aus dem Film ‹Hochzeitscrasher› geklaut. Kennst du den? Es war eine Schnapsidee, ob so etwas auch in echt hinhauen kann und es wirklich keiner merkt.»

«Hören Sie auf damit!»

«Jack wusste alles über dich, weil ich ihn genau gebrieft hatte. Erinnerst du dich noch an Jack?»

«Nein.»

«Er hat mal ein paar Jahre bei uns gewohnt, er ist mein Pflegebruder.»

Hark kratzte sich an der Schläfe. «Ja, da war was. Aber ich glaube Ihnen trotzdem nicht.»

Hark verstand die Welt nicht mehr, für ihn gab es nur eine Erklärung. «Ich glaube, umgekehrt wird ein Schuh draus. Sie haben das alles von Henry erfahren und versuchen nun, meine Hochzeit zu sprengen.»

«Mann, Hark, ich bin wirklich dein Neffe Henry!»

Alles in Hark wehrte sich gegen das, was der Mann

sagte. Für ihn war Henry der wahre Henry, und nicht dieser Fremde! Obwohl einiges dagegensprach.

«Gehen Sie bitte!»

«Respekt, Jack hat mich anscheinend perfekt gespielt.»

Er verließ den Garten. Hark schaute ihm verwirrt hinterher.

Am langen Gartentisch nahmen die Hochzeitsgäste nach und nach Platz: Gloria, Kimya, Janwillem, Marijke, Pavel, die drei Neuen aus Gelsenkirchen, Ramona, Renate und Willy. Alle schienen sich inzwischen bestens zu verstehen. Nur Hark selbst war nicht wohl zumute. Und das am Vortag seiner Hochzeit. Das durfte nicht sein!

Finn-Ole, der gerade mit der Fähre von Amrum herübergekommen war, setzte sich zu ihm.

«Hast du jetzt einen neuen Trauzeugen?», fragte er.

«Ist in Arbeit», antwortete Hark ausweichend. «Könntest *du* nicht einspringen? Zusammen mit Julia, das wäre doch nett.»

«Es wäre eine große Ehre für mich, aber als Standesbeamter leite ich ja schon die Zeremonie, da kann ich nicht auch noch Trauzeuge sein.»

«Hmh.»

«Du hast doch genug Freunde hier, die du fragen kannst. Notfalls springt ein Kollege von mir aus dem Amt ein.»

«Um Gottes willen, das kriegen wir anders hin.»

Er ging zu Anita, die am Wohnzimmerfenster saß und in die Wolken schaute.

«Alles klar bei dir?», fragte er.

«Was mich anbelangt, will ich dich immer noch heiraten.»

«Das passt. Ich dich auch.» Hark rieb sich die Augen. «Kannst du dir vorstellen, dass Henry ein Betrüger war?»

«Sind wir das nicht alle ein bisschen?»

«Wie meinst du das?»

«Na, spielen wir nicht andauernd irgendwelche Rollen?»

«Ja, schon, aber das mit Henry ist etwas anderes.»

Er erzählte ihr von der seltsamen Unterredung mit dem angeblich echten Henry. Anita hörte ihm aufmerksam zu. Dann sagte sie:

«Du hättest Henry vielleicht nicht so schnell zu deinem Trauzeugen machen sollen.»

«Du meinst ‹Jack›.»

«Ich kann mich da immer noch nicht umgewöhnen.»

«Halte mich für verrückt, aber ich möchte Jack trotzdem gerne als Trauzeugen haben.»

Anita sah ihn mit großen Augen an. «Warum?»

«Weil ich ihn mag.»

«Auch wenn er dich betrogen hat?»

«Ich denke, er hatte einen Grund.»

«Schlechter Humor?»

«Nein, da steckt mehr dahinter. Er ist kein professioneller Betrüger, seine Gefühle waren echt.»

«Sicher?»

«Jack hat einen Riesenaufwand betrieben, um nach

Föhr zu kommen. Zum Beispiel hat er seinen Käfer von New York nach Hamburg verschifft.»

«Vielleicht wollte er nur angeben.»

«Nein, das glaube ich nicht.»

«Oder er wollte Frauen abgreifen.»

«Wie das klingt! Henry hat sich bei den Damen nichts zuschulden kommen lassen.»

«Warum ist er dann abgehauen, ohne etwas zu sagen?»

Hark nickte. «Da ist noch nicht das letzte Wort gesprochen.»

«Trotzdem! Warum kommt er nicht einfach zurück und erzählt uns die Wahrheit?»

«Weil er sich schämt.»

Anita huschte ein Lächeln über die Lippen. «An dir ist wirklich ein Therapeut verloren gegangen, Hark.»

«Meinst du das ironisch?»

«Nein, im Ernst, du bist sehr einfühlsam.» Sie nahm seine Hand.

«Eines darfst du nicht vergessen: Jack hat bei meinem Bruder Brar gelebt und spricht Fering.»

«Trotzdem bleibt es ein Rätsel.»

«Das irgendwann gelöst wird, davon bin ich überzeugt.»

«Im schlimmsten Fall aber erst *nach* unserer Hochzeit.»

Die nächsten Stunden passierte etwas, womit sie überhaupt nicht gerechnet hatten: gar nichts. Sie legten sich eng nebeneinander auf die Couch und schliefen ein.

23

Am abgelegenen Strand ist niemand zu sehen. Ich ziehe mich aus und gehe nackt schwimmen, wie damals in Montauk. Das Wasser ist kalt, aber erfrischend. Schnell husche ich wieder heraus und lasse meinen Körper im Wind trocknen.

An der Wasserkante schlendert ein Paar heran, beide sind vielleicht um die fünfzig, dick eingepackt in Anoraks und Schals. Es gibt nichts, wo ich mich jetzt verstecken könnte. Ich tue einfach so, als sei meine Nacktheit das Normalste der Welt, und gehe langsam zu meinen Klamotten. Die habe ich mit ein paar Steinen beschwert, damit sie nicht wegwehen. In den USA würden sie die Polizei rufen und mich verhaften lassen. Nacktsein steht bei uns unter hoher Strafe, warum auch immer. Hier auf Föhr reden die Leute ganz ungezwungen mit Nackten, als seien sie vollständig bekleidet.

«Hallo», grüßt die Frau.

«Hello», antworte ich und ziehe mich an.

«Sie sind aber mutig.»

Hinter uns rauschen die Wellen an den Strand.

«Ist das Wasser nicht herrlich?», sage ich.

«Ich bin bekennender Warmduscher», sagt der Mann.

Ich überlege einen Moment, was «Warmduscher» auf Englisch heißt, oder was auf Fering.

«Jeder, wie er muss», antworte ich.

«Wir fahren jedes Jahr nach Föhr», sagt die Frau.

«Für mich ist es das erste Mal.»

Und leider auch das letzte Mal, füge ich in Gedanken hinzu, während eine weitere Woge an den Strand schwappt. Genau genommen ist es dasselbe Meerwasser wie um Long Island herum, trotzdem hört es sich anders an, jedenfalls bilde ich mir das ein.

«Woher kommen Sie, wenn ich fragen darf?»

«New York.»

Der Mann lächelt. «Oh, das liegt nicht um die Ecke. Wie haben Sie Föhr entdeckt?»

«Meine Vorfahren stammen von hier», sage ich, was glatt gelogen ist. Die Insel Föhr kenne ich nur aus Brars Erzählungen. Er erzählte mir Geschichten von Sagenwesen mit deutschen Namen, die ich kaum aussprechen konnte, aber immer sehr mochte: Klabautermann, Blanker Hans und Nis Puk.

Die Frau nickt. «In New York sollen ja mehr Föhrer leben als auf der Insel.»

Ich muss grinsen. «Ein paar andere leben da aber auch noch.»

Die beiden lächeln.

«Mögen Sie Föhr?»

«Ja, sehr.»

Ich werde tieftraurig. Hier am Strand bin ich im Paradies, aus dem ich bald vertrieben werde. Es ist kein

Schicksalsschlag, muss ich mir eingestehen. Es war absehbar. Und trotzdem!

Wenn ich an all die netten Menschen im kleinen Friesencafé denke, werde ich verrückt. Es war unerwartet, dass ich hier in so kurzer Zeit auf so viele wunderbare Menschen treffen würde. Dass ich mich auf Föhr wohler fühlen könnte als zu Hause.

Sollte ich nicht wenigstens Hark anrufen? Aber was kann ich ihm sagen? Dass ich ein Betrüger bin? In meinem bisherigen Leben habe ich noch nie jemanden hintergangen, und jetzt tue ich das ausgerechnet bei diesem wunderbaren Menschen!

Ich entdecke einen einsamen Strandkorb, der nicht abgeschlossen ist, und entscheide, dass er kurzzeitig mein Zuhause werden soll. Falls jemand kommt und Miete verlangt, zahle ich nach.

Meinen geliebten Käfer zu verleihen, war vielleicht übereilt gewesen, ich weiß nicht einmal, wie die beiden Jugendlichen heißen. Dass mein Wagen die Insel verlassen hat, ist vielen im Hafen nicht entgangen. Man wird mich auf der Insel nicht mehr suchen.

Später wandere ich durch die Marsch nach Oldsum und pirsche mich ans Friesencafé ran, was gar nicht so leicht ist. Das Dorf bietet wenig Deckung, und inzwischen kennen mich hier einige Leute. Ich möchte auf keinen Fall gesehen werden. Deshalb klettere ich über einen Zaun auf dem Nachbargrundstück und schaue vorsichtig in den Innenhof.

Es ist unglaublich, was Julia aus dem Garten gemacht hat, eine schönere Kulisse für das Hochzeitsfest kann man sich nicht vorstellen! Sie hat dort eine ganz neue Welt erschaffen. Die Bündel mit dem frisch geernteten Schilf in den Milchkannen, die friesischen Lampions … Anita und Hark werden im kleinen Friesencafé die schönste Hochzeit aller Zeiten feiern, das steht fest. Sie haben es wirklich verdient!

Mit hängenden Schultern wandere ich weiter durch die Marsch. Am Horizont sehe ich einige Kirchtürme und eine alte Mühle mit riesigen Flügeln. In Oevenum führt eine Allee durchs Dorf. Ich lande dort in einem uralten Gasthof, dem «Krögers». Hier wurde bestimmt seit hundert Jahren nichts renoviert oder an die Moden der Gegenwart angepasst. *This is original Europe!* Wenn man diesen Gasthof einpacken und in New York wiederaufbauen würde, wäre er mit Sicherheit für Jahre im Voraus ausgebucht. New York hat vieles, aber so etwas nicht.

Ich träume weiter: Als reicher Investor würde ich das Krögers als Penthouse auf das gläserne Hochhaus setzen, in dem ich vor meiner Abreise als Dolmetscher gearbeitet habe.

Während ich einkehre und Kabeljau mit Salzkartoffeln esse, stelle ich mir vor, ich blickte durch die Scheiben im 20. Stock über den Hudson River auf den Atlantik. Die Wirtsleute würden wahrscheinlich ausflippen, wenn ich ihnen davon erzählte. Es ist ja nur eine Fantasie, das Krögers soll bitte noch mindestens hundert Jahre auf Föhr genau so existieren!

Zwischendurch ruft Henry an.

«Moin, Bruderherz! How are you?»

«Moin, I'm fine.»

«Ich wohne im Strandhotel in Wyk, wo steckst du?»

«Hast du ein Auto?»

«Nein, das habe ich nicht auf die Fähre bekommen, die war voll. Ich habe mir auf der Insel einen Motorroller gemietet. Und ich war bei Hark, er weiß jetzt Bescheid.»

Ich muss schlucken. «Was hat er gesagt?»

«Er glaubt, dass *ich* der Betrüger bin.»

«Absurd.»

«Lass uns treffen.»

«Okay.»

Ich schicke ihm auf meinem Handy eine Wegbeschreibung zu meinem einsamen Strandkorb.

Nach dem Essen mache ich mich auf den Weg zurück an den Strand. Dabei nehme ich nur abgelegene Feldwege, um nicht aufzufallen. Von Ferne radelt eine Frau mit kurzen grauen Haaren auf mich zu, die wunderbar vom Wind durchgepustet werden. Erst bin ich nicht ganz sicher, dann wird mir klar, dass ich aufgeflogen bin: Es ist Ramona! Verdammt, warum habe ich nicht besser aufgepasst? Jetzt ist es zu spät.

«Hallo, Henry, was machst du denn hier?» Sie hält an und steigt vom Rad.

«Hallo, Ramona.»

Sie sieht mich an, als sei ich ein Alien. «Alle suchen dich.»

«Hmm.»

«Sie denken, dass du die Insel verlassen hast.»

«Echt?»

«Warum bist du abgehauen, ohne was zu sagen?»

Dazu schweige ich lieber.

«Stimmt es, dass du gar nicht Harks Neffe bist?»

«Ja.»

Ramona fragt nicht weiter nach. «Du solltest dich wenigstens bei Hark melden, er ist sehr besorgt um dich.»

«Hmm.»

«Wenn du nicht kommst, hat er keinen Trauzeugen.»

«Er wird schon jemand finden.»

Sie trinkt einen Schluck Wasser aus ihrer Flasche und schaut mir dann in die Augen.

«Der wirkliche Henry ist im Friesencafé aufgetaucht.»

«Ich weiß.»

«Du kennst ihn?»

«Ja.»

Ramona schaut an mir vorbei in die Marsch, der Wind spielt immer noch mit ihren Haaren, ich bin fasziniert. Aber darum geht es jetzt nicht.

«Früher bin ich auch oft abgehauen», sagt sie leise.

«Du meinst, als Kind?»

«Ja, und auch als Jugendliche. Das Blöde war, dass meine Eltern ohnehin schon schlecht im Leben zurechtkamen. Und mit ihrer Tochter noch viel schlechter. Irgendwann bin ich in ein Heim gekommen. Von da aus hat man mich in eine Pflegefamilie gesteckt. Abgehauen bin ich aber auch als Erwachsene immer wieder.»

«Nun nicht mehr?»

Ramona lächelt. «Mit meinen Fluchten wollte ich mir das Gefühl zurückholen, alles in der Hand zu haben. Außerdem fühlte sich Bewegung für mich immer besser an als Stillstand. Aber auch das kann eine Illusion sein.»

«Die Probleme sind dieselben, wenn du zurückkommst?»

«So ist es.»

Ihr Leben hat erstaunliche Parallelen zu meinem.

«Was hast du jetzt vor?», fragt sie.

«Ich weiß es nicht.»

Sie überlegt einen Moment. «Darf ich alle von dir grüßen?»

«Ja, und sage ihnen bitte, dass es mir leidtut.»

Ramona lächelt mich an. «Auch ich finde es sehr schade, dass du nicht mehr da bist, wenn ich das sagen darf.»

Immerhin tauschen wir Handynummern aus und verabschieden uns mit einer flüchtigen Umarmung.

«Tschüs und alles Gute.»

«Dir auch, tschüs.»

Sie klettert auf ihr Rad. Ich hoffe sehr, dass wir uns wiedersehen, aber wie das möglich ist und wo, steht in den Sternen. Ich schaue ihr hinterher und fühle mich trauriger als zuvor. Unser Zusammentreffen war so kurz, es ist fast, als hätte es gar nicht stattgefunden.

Ich laufe über ein paar schnurgerade Feldwege auf die Westseite der Insel. Von hier aus kann ich hinüber nach Amrum blicken. Anita und Hark feiern morgen Hochzeit – und ich fühle mich schlecht. Wie gerne wäre ich dabei!

Das Watt glänzt vor mir in der Sonne, als seien dort Millionen Diamanten ausgelegt. Liebend gerne würde ich Frieden mit mir und den anderen schließen. Aber wenn Anita und Hark sich das Jawort geben, werde ich bereits auf dem Rückweg nach New York sein. Meinen Käfer werde ich im Hamburger Hafen auf einen Frachter von Mr. Fernandez geben, er wird dafür sorgen, dass er schnell verladen wird. Ich nehme den Direktflug von Hamburg nach Hause. Das ist alles sehr einfach.

Aber wie werde ich in Brooklyn weiterleben, nach dem, was ich hier erlebt habe? So wie vorher? – Unmöglich. Eine warmherzige Familie wie im kleinen Friesencafé kann ich mir in New York nicht backen. Am liebsten würde ich hierbleiben. Auf Föhr würde ich ein ganz anderes Leben führen. Ich gehöre hierhin, das spüre ich. Aber wie kann das sein? Henry ist es, der Vorfahren aus Föhr hat, nicht ich. Warum fühle ich diese starke Zugehörigkeit?

Es ist ohnehin müßig, darüber nachzudenken. Hier habe ich meine Chance verspielt.

Okay, wenn es auf Föhr nicht geht, muss ich nach meiner Rückkehr in die Staaten radikal etwas ändern. Ich denke, ich sollte New York verlassen und nach Montauk ziehen. Dort kann ich schriftliche Übersetzungen online am Strand anfertigen. Obwohl es hier auf Föhr so schön ist wie auf ganz Long Island nicht. Oder bilde ich mir das nur ein? Es ist natürlich gar nicht das Meer, es sind die Menschen. Am Strand von Montauk werde ich von ihnen träumen, mehr ist nicht drin.

Harks Bruder Brar und seine Frau Nancy waren gute Menschen. Ihnen habe ich alles zu verdanken. Dass sie mich damals bei sich aufgenommen haben, war meine Rettung. Brar hat mich immer ermuntert, mein Leben selbst in die Hand zu nehmen und etwas daraus zu machen. Er war im engeren Sinne kein Pädagoge, der mir irgendetwas erzählt hat, er hat es mir vorgelebt. «Such den Platz auf der Welt, der zu dir passt, und lebe dein eigenes Ding!», sagte er immer. Und er sagte es so, dass ich es für möglich hielt. Er und Nancy haben meinem Leben eine Richtung gegeben. Hier auf Föhr habe ich so viele Gemeinsamkeiten zwischen Hark und Brar entdeckt. Es ist traurig, dass wir nicht länger miteinander zu tun haben werden.

In Nieblum setze ich mich in die Dünen. Die Nordsee kommt gerade zurück und flutet das Watt bis zum Horizont. Im Watt hüpfen ein paar Strandregenpfeifer herum, die mit ihren Schnäbeln Würmer aus dem Meeresboden ziehen und dann mit ihrer Beute davonfliegen. Es tut mir ein bisschen leid, nach dem, was Julia auf der Wanderung über diese Tiere erzählt hat.

An der Wasserkante nähert sich jemand, den ich vor gar nicht langer Zeit in New York getroffen habe: Henry Paulsen, der wahre Henry, mein Pflegebruder. Er ist Mitte sechzig, trägt eine Glatze. Seit wann hat er keine Haare mehr? Ich muss ihn mal danach fragen, wieso habe ich das eigentlich noch nie getan?

Er hat meinen Strandkorb auf Anhieb gefunden. Dass er nach Föhr gekommen ist, hat mich überrascht. Auch er war noch nie hier, obwohl Hark wirklich sein Onkel ist. Henry und ich haben uns erst vor Kurzem in Montauk nach langer Zeit wiedergesehen. Er hat mir die Fering-Übungen auf die Kassetten gesprochen.

«Hi», grüße ich.

«Gud dai», antwortet er auf Fering.

Wir umarmen uns.

«Unsere Wette war blöd», sage ich.

«Och komm, Jack, es war doch nur ein Spaß.»

«Den ich inzwischen sehr bereue.»

Henry schüttelt den Kopf. «Was ist passiert?»

Was soll ich sagen?

«Ich bin unglücklich, weil es so schön war.» Es klingt widersprüchlich, trifft es für mich aber auf den Punkt.

«Wie das?»

«Egal, jetzt bist du da und kannst alles richtigstellen.»

Henry lacht. «Das habe ich schon versucht. Aber ich fürchte, du hast mich so überzeugend gespielt, dass sie *mich* jetzt für einen Trickbetrüger halten.»

«Ach was, der Böse bin ich!»

«Okay. Ich gehe noch mal hin und erkläre ihnen alles», sagt Henry. «Noch mal werden sie mich nicht abwimmeln. Ich muss nur beharrlich sein.»

«Selbst wenn. Das macht es nicht besser.»

«Meinst du nicht, sie werden das verstehen?»

«Wie sollten sie denn?»

«Dir ging es wirklich schlecht in New York, ich habe mir ernste Sorgen um dich gemacht. Jetzt wirkst du wie ausgewechselt.»

Wir schweigen einen Moment und schauen den Wellen zu, die an den Strand schlagen. Manchmal kommt etwas salzige Gischt auf unsere Lippen, was uns beiden vom Atlantik vor Long Island vertraut ist.

«Wenigstens ist jetzt gesichert, dass Hark einen Trauzeugen aus der Familie bekommt», stelle ich fest. «Du musst drauf bestehen.»

«Komm doch bitte mit.»

Für Henry scheint das alles ganz leicht zu sein.

«Nee, das tue ich mir nicht an.»

«Warum nicht?»

Der hat gut reden!

«Das erspare ich mir.»

«Du gehörst genauso zur Familie wie ich!»

Als Pflegekind? Das war immer eine etwas schwammige Verbindung, die jederzeit auflösbar schien. Auch wenn Nancy und Brar mich das nie haben spüren lassen. Komisch, dass mich dieses flaue Gefühl nach all den Jahrzehnten wieder einholt. Ich habe eigentlich gedacht, dass es in meinem Leben keine Rolle mehr spielt.

«Mann, Jack, wir haben jahrelang zusammen in einem Zimmer gelebt, hinterm Haus heimlich geraucht, all das. Du bist mein Bruder, was sonst?»

«Nein, besser, du gehst alleine zu Hark und versuchst noch mal, ihm alles zu erklären. Ich bleibe weg.»

«Du willst die ganze Zeit im Strandkorb hocken bleiben? Nicht dein Ernst! Wo steht überhaupt dein Käfer?»

«Den habe ich verliehen.»

«An wen?»

«Ich bekomme ihn heute wieder.»

«Was ist dein Plan?»

«Ich habe keinen – du?»

Henry nickt. «Bei dir im Strandkorb bleiben und dich volllabern, bis du mit zu Hark kommst.»

«Du bist echt ein Albtraum.»

Henry grinst. «Nur, wenn es nicht anders geht. Sei doch nicht so stur, wir können es wenigstens probieren.»

«Was denn?»

«Wir gehen zu Hark und sagen ihm gemeinsam die Wahrheit.»

«Und dann?»

«Dann entschuldigen wir uns. Und dann wird man sehen.»

«Ich weiß nicht.»

«Das ist besser, als einfach zu verschwinden wie Wasser, das in einen Gully abläuft.»

Ich muss schmunzeln. Henry hatte es schon immer mit schrägen Vergleichen. Wir lehnen uns zurück und schauen in den riesigen Himmel über dem Meer. Es ist ein bisschen wie in unserer Kindheit in Montauk. Auch da konnten wir stundenlang stumm aufs Wasser starren und uns dabei verbunden fühlen. Für mich geht das auf dieser Welt nur mit zwei Personen: mit Henry. Und mit Hark, seit Neuestem. Das heißt, mit Rose ging es auch.

24

In der Nacht vor seiner Hochzeit träumte Hark so schlecht wie selten. Dunkle Gestalten drängten ihn in eine Sackgasse und verbarrikadierten ihm den Rückweg. Kurz bevor ihn die Bösen kriegten, wachte er schweißgebadet auf. Danach konnte er nicht mehr einschlafen. Auch Anita neben ihm wurde immer wieder wach. Nach dieser Nacht waren beide vollkommen gerädert.

«Ich werde den Tag nicht überstehen», murmelte Hark.

«Ich auch nicht», meinte Anita.

«Wenn ich während der Trauung einschlafe, darfst du mir das nicht übel nehmen.»

«Das werde ich gar nicht mitbekommen, weil ich selber schlafe.»

Sie schmiegten sich eng aneinander.

«Schau mal, ausgerechnet heute!»

«Kannst du wohl sagen.»

Sie blickten misstrauisch zum Fenster. Draußen heulte der Seewind ums Haus, die Wolken waren schwarz, es regnete in Strömen.

«Oje, auch das noch!» So ein Wetter wünschte sich niemand an seiner Hochzeit.

«Das kann echt nicht wahr sein», murmelte Hark, der sonst nicht wetterempfindlich war.

«Wir können es nicht ändern.»

«Absagen werden wir deswegen aber nicht, oder?»

«Auf gar keinen Fall!»

«Damit wird unsere Ehe von Anfang an wetterfest gemacht», meinte Hark.

«Ich hätte auch nichts gegen Sonnenschein gehabt.» Anita gab ihm einen langen Kuss.

«Heute ist es endlich so weit», flüsterte er.

Auch Anita hatte einen Kloß im Hals. «Ja.»

«Aufgeregt?» Hark zog sie sanft zu sich.

«Ganz ehrlich?»

«Ja.»

«Nervlich bin ich jetzt schon am Ende.»

«Und ich erst. Dabei hat der Tag noch nicht mal richtig angefangen.»

«Meinst du, wir müssen pünktlich sein?»

Sie streichelte ihm die Wangen. «Ach, das können wir locker angehen. Ohne uns können sie nicht anfangen.»

«Ich glaube, ich habe es schon wieder mit dem Magen», stöhnte Hark. «Ausgerechnet heute.»

«Dagegen habe ich im Badschrank eine gute Medizin.»

Ihre berüchtigten Magentropfen kannte Hark schon, Anita hatte sie aus Thailand mitgebracht, ihm wurde ganz schummrig davon. Das Mittel war in Deutschland nicht zugelassen, und dies aus gutem Grund. «Nee danke, ich möchte nicht auf Droge heiraten.»

«Besser als ein kneifendes Gefühl im Bauch.»

«Ach, das ist schnell wieder weg, wenn erst das Adrenalin ins Blut schießt.»

«Na dann.»

«Wer wird denn nun dein Trauzeuge?», erkundigte sich Anita vorsichtig.

«Ich mache mir immer noch Sorgen wegen Henry», antwortete er ausweichend.

«Du meinst Jack.»

«Jack war wirklich Pflegekind bei Brar, ich habe gestern in alten Briefen gewühlt und einen von Brar gefunden, in dem er von ihm erzählt. Er hat ihn geliebt wie seinen eigenen Sohn. Jack ist kein Fremder, er gehört zu unserer Familie.»

«Ramona hat ihn ja in der Marsch gesehen», sagte Anita.

«Das verstehe, wer will, es ist äußerst verwirrend.»

«Wieso kommt er nicht zu uns?»

«Vielleicht kommt er ja noch.»

«Glaube ich kaum.»

Hark überlegte. «Dann steht also fest, dass ich mir einen anderen Trauzeugen suchen muss?»

Sie nickte. «Wen nimmst du?»

«Das entscheide ich spontan.»

«Eigentlich muss man die Namen vorher im Amt einreichen.»

«Nicht, wenn Finn-Ole uns traut.»

«Na gut.» Anita schälte sich aus der Decke hervor und stand auf. «Los geht's.»

Hark protestierte leise: «Warum verlässt du mich?»

Sie stemmte die Arme in die Hüften. «Weil ich in einer Dreiviertelstunde einen Ankleidetermin und danach einen Friseurbesuch habe.»

«Von mir aus brauchst du da nicht hinzugehen. Ich liebe dich so, wie du bist.»

«Nein, so geht das *gar* nicht.»

«Sag einfach ab.»

«Und dann?»

Er lächelte. «Endet der Sex etwa mit der Hochzeit?»

Sie schüttelte den Kopf. «Hat man dich etwa noch nicht aufgeklärt?»

«Worüber?»

«Die meisten Paare haben nach der Hochzeit noch genau zweimal Sex, nämlich um zwei Kinder zu bekommen. Das war es dann.»

«Dann sage ich Nein zur Ehe!»

«Zu spät.»

Anita verschwand im Badezimmer.

Hark hatte weder einen Friseur- noch einen Ankleidetermin. Friseur Bernie am Sandwall hatte ihm vor zwei Wochen die Haare geschnitten und ihm dieselbe Frisur verpasst, die er immer trug: kurz und praktisch. Hark hatte das Glück, in seinem Alter noch viele Haare zu haben. Vor seiner Hochzeit würde er ausgiebig duschen, sich in seinen Smoking werfen und dann eben heiraten. Das war alles.

Er bereitete sich ein kleines Frühstück. Es bestand aus einem trockenen Toastbrot ohne Butter, mehr bekam er nicht herunter. Dazu eine Tasse Friesentee. Draußen pladderte der Regen gegen die Scheiben. Das Geräusch der Tropfen hatte etwas Beruhigendes, aber sie wollten nun mal auf einer Sandbank in der Nordsee heiraten, und ein Teil der Gäste sollte auf Gonzos Krabbenkutter dorthin gebracht werden. An Deck konnte man sich nirgends unterstellen, außer in den Laderäumen, aber dann sah man nichts. Bei diesem Schietwetter lohnte es fast nicht, dass Anita in Friesentracht und er im Smoking aufliefen, ein Südwester wäre passender gewesen.

Er schlurfte in Badeschlappen, Sporthose und Unterhemd in den Garten des kleinen Friesencafés. Schon auf dem kurzen Weg nach nebenan wurde er nass.

Er huschte in den Gastraum. «Moin, all tosoom!»

«Moin.» Die meisten weiblichen Gäste waren gerade noch beim Friseur, am langen Tisch saßen nur Männer: Willy, Pavel, Janwillem, Gonzo. Kimya trug ein festliches goldfarbenes Kostüm aus edler Seide. Hark umarmte ihn.

«Damit stiehlst du mir glatt die Show, Kimya.»

«Sollen wir tauschen?»

«Gerne!»

«Nee lass mal, deine Turnhose kannst du gerne behalten.»

Der Standesbeamte Finn-Ole trug eine kurze orangefarbene Cargohose.

«Ah, du bist schon fertig umgezogen», stellte Hark fest.

«Du ja auch», antwortete Finn-Ole.

«Nervös?», erkundigte sich Pavel.

«Wie vor einem schweren Orkan am Kap Hoorn.»

«Oha.» Pavel wusste, wovon er sprach, sie hatten das zusammen mehr als einmal erlebt und erlitten.

Finn-Ole lächelte. «Mach einfach das, was ich dir sage, dann wird alles gut.»

«Mir wird nichts anderes übrig bleiben», brummte Hark und ging zurück nach nebenan, um sich fertig zu machen.

«Ah, da ist ja der junge Bräutigam», sagte Gonzo, als Hark kurze Zeit später fertig angekleidet in Smoking, blütenweißem Hemd und Fliege zurückkam. Gonzo hatte sich ebenfalls in Schale geworfen, mit Anzug, Hemd und dezentem Schlips. So hatte ihn noch niemand gesehen, der Krabbenfischer war kaum wiederzuerkennen. Sonst lief er meist in speckigen Jeans, Fischerhemd und Gummischürze herum.

Willy kam in schwarzem Smoking und mit roter Fliege auf Hark zu. «Wenn ich dir ein paar wichtige Tipps geben darf …», begann er.

«Bitte nicht!», stöhnte Hark. «Dafür ist es zu spät.»

Doch Willy ließ sich nicht beirren. «Genießt so viel Zeit wie möglich zu zweit, und vergesst im Lauf der Jahre nicht die kleinen Gesten, eine SMS oder ein Zettel am Badezimmerspiegel, auf dem steht: ‹Ich liebe dich.› Wichtig ist nicht, ob gestritten wird, sondern wie. Ärger niemals runterschlucken, sondern immer raus damit!»

«Warst du selbst schon mal verheiratet?», fragte Julia.

«Nein, aber ich sehe bei vielen Paaren um mich herum, was schiefläuft.»

Hark bemühte sich, freundlich zu bleiben. Er hatte Willy gegenüber ein schlechtes Gewissen, weil er ihm nicht geglaubt hatte, als er ihn vor dem falschen Henry warnte. Vielleicht wäre er jetzt nicht ohne Trauzeuge, wenn er auf Willy gehört hätte.

«Danke für die Tipps, Willy, ich werde mein Bestes geben.»

Es gefiel ihm gar nicht, im Mittelpunkt zu stehen. Alle Gäste gruppierten sich um ihn herum, Kimya und Gloria in ihren prächtigen, bunten Hochzeitstrachten, Gonzo im schwarzen Anzug, Janwillem, Marijke, Ramona und Renate ebenfalls in Schale geworfen, Finn-Ole, inzwischen in schwarzem Anzug. Da es immer noch in Strömen regnete, gab es eine Planänderung: Ursprünglich hätten sie alle mit Rädern zum Hafen fahren sollen, stattdessen war jetzt ein Autokorso im Gespräch. Es fehlte nur noch die Braut. Die wartete bei Thekla in ihrer friesischen Hochzeitstracht auf ihn, so viel hatte er herausbekommen.

«Wir müssen!», rief Ramona und deutete auf ihre Armbanduhr. Hark und sie schauten sich ernst in die Augen.

«Bist du bereit?», fragte sie.

Mehr als ein diffuses «Hmm!» war ihm nicht zu entlocken.

Hark schluckte schwer: Das Schiff verließ den Hafen!

25

Auf der Straße parkte ein halbes Dutzend Autos hintereinander. Harks Mercedes stand ganz vorne. Der Wagen war auf der Haube mit Girlanden aus bunten Papierblumen geschmückt, die sichtlich unter dem Dauerregen gelitten hatten. Finn-Ole würde ihn chauffieren. Er bat Hark zur hinteren Tür und öffnete sie mit einer Verbeugung. Hark fand es seltsam, in seinem eigenen Wagen auf dem Rücksitz Platz zu nehmen. Kaum saß er drinnen, geschah ein kleines Wunder. Erst hörte er es, dann sah er es näher kommen: Henrys 63er-Käfer kam um die Ecke geknattert! Hark starrte auf das New Yorker Kennzeichen.

«Na endlich!», stöhnte er.

Doch die Freude währte nur kurz. Denn aus dem Oldtimer stiegen zwei, mit denen er als Allerletztes gerechnet hatte: Keike, die Tochter vom Lademeister der Fähre, und ihr Freund Tommaso, Sohn des Pizzabäckers in der Wrixumer Mühle.

Hark riss die Tür auf, spannte einen Regenschirm auf und stürmte zum Wagen. «Wie kommt ihr an den Käfer?»

«Ein Typ hat ihn uns geliehen.»

«Henry?»

«Wir wissen nicht, wie er hieß», sagte Keike. «Er war etwas älter und Amerikaner.»

«Und er hat ihn euch einfach so gegeben?»

«Wir sollten ihn heute vor dem kleinen Friesencafé abstellen und den Schlüssel auf den Reifen legen.» Sie reichte Hark den Schlüssel. «Cooles Auto, wir waren damit in Hamburg auf dem Kiez. Alle haben geguckt, sogar Porschefahrer.»

«Wir haben keine Zeit mehr, Hark», mahnte Finn-Ole.

«So ein Mist», schnaubte Hark. «Wo steckt Henry? Der kann was erleben!»

Finn-Ole setzte sich ans Steuer und fuhr langsam los, ihm folgten die Autos der Gäste. Hark spielte nervös mit dem VW-Schlüssel in seiner Hand.

«Verstehst du das?», fragte er Finn-Ole.

«Das war eine Finte. Er wollte, dass wir denken, er sei aufs Festland gefahren.»

«Aber warum das alles?»

«Keine Ahnung.»

Der Regen ließ nicht nach. Finn-Ole nahm eine Nebenstrecke durch die Marsch. Er schaute hinüber zum Deich und zu den großen Weiden und Feldern.

Hark entdeckte die Männer als Erstes. Mit düsteren Gesichtern kamen sie ihnen auf der Straße entgegen. Beide in Bluejeans und weißen T-Shirts, die Kleidung vom Regen aufgeweicht.

Finn-Ole machte eine Vollbremsung, Hark kurbelte die Scheibe runter.

«Gud dai», grüßte Jack. Er sah betreten zu Boden.

«Moin, Henry», grüßte Hark leise. Henrys wirklicher Name kam ihm immer noch falsch vor. Für ihn war Jack Henry und blieb es auch. Er hatte allerdings keinen anderen Namen für seinen richtigen Neffen.

«Moin, Hark», sagte der wahre Henry ebenso leise.

«Da seid ihr ja.» Hark wandte sich an den echten Henry. «Und du bist wirklich Henry?»

«Ja.»

«Und du?»

«Jack. Jack Kundinsky.»

«Jack Kundinsky», wiederholte Hark.

«Es tut mir alles leid, Hark …»

«Einsteigen!», befahl der. Es war die Anweisung eines Kapitäns, der an Bord keinen Widerspruch duldete.

Henry setzte sich nach vorne zu Finn-Ole, Jack neben Hark. Finn-Ole gab Gas, Anita sollte auf keinen Fall auf ihren Bräutigam warten müssen.

«Wieso seid ihr bei diesem Wetter zu Fuß unterwegs?», fragte Hark.

«Wir hatten eine Panne mit unserem Motorroller», antwortete Henry.

«Geschieht euch recht», murmelte Hark.

Jack holte tief Luft. «Egal, wie sehr du mich jetzt verachtest. Ich möchte, dass du eine Sache weißt: Die letzten zwei Wochen bei dir waren für mich die glücklichsten seit vielen Jahren. Daran werde ich immer dankbar zurückdenken.»

«Ach ja?»

«Ich bin in Coney Island aufgewachsen», fuhr Jack

fort. «Mein Vater war nie da, und meine Mutter war krank. Mit vierzehn hat man mich aus meiner Familie herausgenommen, und ich wurde als Pflegekind bei deinem Bruder Brar und seiner Familie in Montauk untergebracht. Das hat mich gerettet.»

«Papperlapapp, Pflegekind», widersprach Henry von vorne. «Du warst von Anfang an mein Bruder.»

Jack nickte. «Ich hatte es unwahrscheinlich gut bei euch.»

Draußen zogen die sattgrünen Marschwiesen vorbei, die unter einem immer noch düsteren Himmel lagen.

«Und in Montauk hast du bei Brar Fering gelernt?», erkundigte sich Hark.

«Ja, und auch von den Föhrern, die bei uns zu Besuch waren. Ich habe es vor Kurzem mit Henry wieder aufgefrischt.»

«Aber was sollte die Schmierenkomödie bloß?»

«Nach dem Tod meiner Frau Rose wurde ich sehr einsam. Ich erspare dir Details, jedenfalls war ich ziemlich am Ende, für eine lange Zeit. Da traf ich Henry wieder. Wir hatten all die Jahre immer Kontakt, nur wohnte er in Detroit, ich in New York, sodass wir uns nicht oft sahen. Er hatte beruflich zu viel um die Ohren, um selbst zu deiner Hochzeit zu kommen. Also meinte er, ich könne doch an seiner Stelle gehen, als Hochzeitscrasher. Ein Spiel, damit endlich wieder etwas in meinem Leben passiert.» Jack sah Hark schuldbewusst an, dann fügte er hinzu: «Ich weiß, für dich muss das unverständlich klingen. Aber es ging einfach nur darum, mich wieder ins Leben zu holen, und wir hätten … also wir hätten niemals damit gerechnet, einen solchen Schaden anzurichten.»

«Es war meine Idee», bestätigte Henry.

«Was es nicht besser macht», sagte Hark.

«Ich verstehe, dass du sauer bist», sagte Jack.

«Und in diesem Spiel bist du ein, wie nennt man das noch?»

«Hochzeitscrasher. Es gibt einen gleichnamigen Film, in dem schleichen sich zwei Typen auf fremde Hochzeiten, um Frauen aufzureißen, und keiner merkt es.»

«Und das wolltest du nachmachen?»

«Normalerweise hocke ich alleine in meiner New Yorker Wohnung und starre die Wände an. Ich hatte nichts zu verlieren, alles war besser als das.»

«Hmm.»

Hark konnte das durchaus verstehen, er war als Witwer auch lange alleine gewesen – bis er Anita kennengelernt hatte.

«Mit einer Sache hatte ich allerdings nicht gerechnet: mit dir und Anita. Wie herzlich ihr mich aufgenommen habt, war überwältigend. Und dass ich darüber hinaus so viele zugewandte und lebensfrohe Menschen kennenlernen würde, so viele auf einem Haufen …»

Und so sauer Hark auch war, Opfer eines Hochzeitscrashers geworden zu sein, so gerührt war er von Jacks Geständnis. Außerdem musste man ihm eins lassen: Es war Jacks Verdienst, alle Hochzeitsgäste auf wundersame Weise zusammengebracht zu haben.

«Es ist wirklich eine schwachsinnige Geschichte, die ihr euch da ausgedacht habt», schimpfte Hark.

Jack wirkte plötzlich ganz klar. «Alles, was ich hier auf Föhr mit euch erlebt habe, hat für mich eine große Bedeutung. Im Kopf bleibt ihr meine Familie, auch wenn es nicht stimmt.»

«Was hast du jetzt vor?», fragte Hark.

«Ich fahre heute zurück nach New York.»

«Und da?»

«Werde ich wieder die Wände anstarren. Das heißt, vielleicht trete ich in einen Friesenverein ein, so etwas gibt es ja in New York, wie ich nun weiß.»

«Ernsthaft? Du willst in einen Friesenverein gehen?»

«Ich hoffe, dass sie da auch Pflegekinder aufnehmen.»

«Wieso sollten sie das nicht tun?»

Jack schwieg.

«Für den Friesenverein fehlt dir allerdings eine wichtige Voraussetzung», murmelte Hark.

«Was?»

«Du hast noch nie eine friesische Hochzeit gefeiert.» Hark räusperte sich. «Als Kind von Brar gehörst du zu meiner Familie, was denn sonst? Ich habe einen alten Brief gefunden, in dem Henry von dir erzählt. Er hat viel von dir gehalten, du hättest trotz deiner schwierigen leiblichen Eltern so viele wunderbare Eigenschaften.»

«Das hat er geschrieben?» Jack wurde rot.

Hark nickte. «Darüber können wir später schnacken. Ich habe eine viel wichtigere Frage: Wie stehst du im Allgemeinen zu Versprechen?»

Jack sah überrascht aus. «Ich versuche sie zu halten, ist doch klar.»

«Dann sollte das auch für dein jüngstes Versprechen gelten, und du solltest mein Trauzeuge werden!»

«Aber das haben wir unter falschen Voraussetzungen vereinbart, wie du weißt.»

«Willst du jetzt auch noch rumzicken?» Hark hatte weder Zeit noch Lust auf lange Diskussionen. Er drehte sich zu Jack. «Machst du es oder nicht?»

Jack schaute angestrengt aus dem Fenster, damit niemand sah, dass seine Augen feucht waren. «Gerne. Und was ist mit Henry?»

Hark sah Henry an. «Du kommst natürlich mit zur Hochzeit, dann habe ich euch beide besser im Blick. Wer weiß, was euch sonst noch alles einfällt.»

«Keine Sorge», versprach Henry.

«Kann ich das glauben?»

«Wir haben nichts weiter geplant.»

«Mann, ihr macht Sachen.» Hark schüttelte den Kopf. «So, jetzt hole ich meine Braut ab. Und ihr besorgt euch auf der Stelle ein Taxi und zieht euch was Anständiges an!»

«Unsere Koffer liegen in den Dünen.»

«Ihr habt eine halbe Stunde.»

Hark war mehr als erleichtert. Endlich hatte sich der Knoten gelöst, er hatte schon fast nicht mehr daran geglaubt. Jetzt konnte nichts mehr schiefgehen. Dachte er …

26

Vor Theklas Reetdachhaus in Nieblum hielt Finn-Ole an. Hark sprang aus dem Wagen. Anita kam aus dem Haus, bevor er die Tür erreichte. Da musste Hark erst einmal stehen bleiben und den Atem anhalten.

In der traditionellen Friesentracht erschien ihm seine zukünftige Frau überirdisch schön. Er ging auf sie zu und küsste sie, der Regen war beiden vollkommen egal.

«Meine Liebste», murmelte er. Zu mehr Text war er nicht fähig.

«Mein Liebster», antwortete Anita.

Hark führte sie zum Wagen und half ihr auf den Rücksitz. Dann kam Julia aus dem Haus, ebenfalls in Friesentracht. Sie wurde von Finn-Ole zum Wagen geleitet und nahm auf dem Fahrersitz Platz, denn nun würde sie das Steuer übernehmen.

Inzwischen waren noch mehr Gäste mit ihren Autos eingetroffen, es war jetzt ein Korso aus etwa vierzehn Wagen. Julia fuhr vorweg, sie drehte eine Runde über die ganze Insel: durch Utersum, Oldsum, Midlum. Alle Fahrer hupten, wie es Tradition war, unterwegs winkten ihnen Passanten unter ihren Regenschirmen zu, Insulaner wie Touristen.

Auf der Hauptstraße in Oevenum gerieten sie in eine Straßensperre. Zwei Polizeimotorräder blockierten mit Blaulicht die Straße.

«Das kann nicht wahr sein», fluchte Hark. «Nicht heute!»

«Manchmal kommt es zu blöde», stöhnte Finn-Ole.

Hin und wieder wollten die Ordnungshüter auf der Insel Präsenz zeigen und deutlich machen, dass auf Föhr keine anderen Regeln und Gesetze galten als auf dem Festland. Was nicht ganz stimmte: Da sich hier alle mehr oder weniger kannten, wurde vieles auf dem «kurzen Dienstweg» geregelt.

Die Kontrolle leitete eine neue Inselpolizistin vom Festland und ihre Kollegin Ellen, die schon länger auf Föhr als Polizistin arbeitete. Die Neue hatte schmale Lippen und sah streng aus.

«Moin», grüßte sie schroff.

«Moin», antwortete Finn-Ole.

«Muss das sein?», schnaubte Hark. Sie sah ja wohl, dass der Wagen geschmückt war und dies eine Hochzeitsgesellschaft war!

«Ich muss euch bitten, auszusteigen, auch die, die hinten sitzen.»

«Warum?»

Es nieselte gerade etwas weniger, schön war es trotzdem nicht.

«Aussteigen bitte.»

Anita und Hark stiegen aus, Julia ebenfalls.

«Ist es was Wichtiges?», erkundigte sich Finn-Ole. «Die

beiden Herrschaften hier wollen nämlich gleich heiraten.»

«Ihr fahrt Kolonne?», fragte die Strenge statt einer Antwort.

«Ist das etwa nicht erlaubt?»

«Mit Genehmigung schon.»

«Das ist nicht dein Ernst», murmelte Hark.

«Seit wann duzen wir uns?», fragte die Polizistin.

«Schon gut, Entschuldigung.» Auf Föhr duzten sich fast alle.

Ellen nickte. «Letzte Chance, ihr könnt es euch überlegen.»

«Was überlegen?»

«Wir können euch hier noch ewig festhalten und eine genaue Verkehrskontrolle durchführen, dann findet eure Trauung ein paar Stunden später statt.»

Hark holte tief Luft und nahm Anitas Hand. Normalerweise war sie viel schlagfertiger als er, aber nun war sie verstummt. «Was liegt denn gegen uns vor?», fragte er.

Ellen lächelte Hark vielsagend an. «Das ist nur *eine* Möglichkeit.»

«Und die andere?»

Die strenge Polizistin lächelte nun ebenfalls: «Ich möchte es mal so ausdrücken: Wir eskortieren euch in euer neues Leben, und ihr werdet glücklich. Das wünschen wir euch von Herzen!»

Hark brauchte eine Sekunde, bis das bei ihm angekommen war. Es hatte ein bisschen was von versteckter

Kamera, zumal Willy und Gonzo die gesamte Szene von ihren Wagen aus mit dem Handy gefilmt hatten.

Hark grinste. «Wer von euch hat das bloß ausgeheckt?»

Gonzo, der in einem der hinteren Wagen saß, kurbelte die Scheibe runter. «Wir alle», rief er lachend.

Hark schüttelte den Kopf.

Ellen und die Neue schwangen sich auf ihre Motorräder. Sie schalteten zum Blaulicht das Martinshorn ein, dann fuhren sie vorweg, wie bei einem Staatsbesuch. Die Passanten am Straßenrand waren schwer beeindruckt, sie filmten und winkten ihnen zu.

«Ich fühle mich ein bisschen wie verhaftet», sagte Anita.

«Wirst du auch», versprach Hark. «Gleich!»

Anita strahlte ihn an.

In diesem Moment hatte der Himmel ein Einsehen. Zwar nahm der Wind etwas zu, aber die Wolken rissen auf, und die Sonne schien vergnügt aufs Meer. Die Elemente gerieten ins Tanzen, die gesamte Insel schien sich nach einer fröhlichen Musik zu drehen. Das Blau des Ozeans vermischte sich mit dem Grün der Deiche. Hark und Anita lächelten in den Wind.

Im Hafen verteilten sich die Gäste. Einige gingen an Bord der Nordsand, andere auf Gonzos Krabbenkutter. Gonzo hatte ihn vorher penibel geschrubbt, das Deck roch aber immer noch leicht nach Fisch, das ließ sich nicht vermeiden. Pastorin Carola vom Friesendom kam dazu, sie würde ihnen den Segen erteilen.

Hark schaute skeptisch auf die kabbelige See, die für

ihn kein Problem darstellte. Aber sie hatten einige Landratten dabei, allen voran seine Braut Anita.

«Sollen wir nicht doch lieber im Hafen bleiben?», fragte er.

«Nee, ich möchte auf unsere Sandbank», sagte Anita.

«Aye, aye, Madam!»

Sie lösten die Leinen. Hark stellte sich hinters Ruder und tuckerte mit der Nordsand aus dem Sportboothafen heraus. Sie befanden sich jetzt zwischen der Hallig Langeneß, Amrum und Föhr. Anita stand neben ihm und streichelte seinen Nacken.

«So kann ich mich nicht konzentrieren», flüsterte er genießerisch.

«Aufhören?»

«Bloß nicht.»

Gonzo folgte ihm mit dem Kutter in einiger Entfernung. Beide Schiffe schaukelten, aber das machte anscheinend niemandem etwas aus. Kimya, Gloria, Julia, Janwillem, Marijke und Jack standen auf dem Achterdeck und blinzelten auf die offene See. Hark nahm einen Kurs am Südstrand entlang Richtung Utersum, er hatte die Koordinaten genau im Kopf.

Gonzo meldete sich über Funk. «Weiter Kurs Nordwest?»

Sein Kutter hatte mehr Tiefgang als die Nordsand, er musste aufpassen, dass er nicht auf Grund lief.

«Wir sind gleich da», antwortete Hark.

Durch den Wind war die Flut heute höher als sonst, die angepeilte Sandbank zwischen Sylt, Föhr und Amrum etwas kleiner. Fünf Menschen würden dort gerade so Platz finden: das Brautpaar, die beiden Trauzeugen Julia und Jack sowie Standesbeamter Finn-Ole.

Hark ging vor der Sandbank längsseits, Gonzo ließ sich von der anderen Seite herantreiben und warf dort den Anker. Sie mussten sich beeilen, die Flut würde mit dem starken Wind schnell steigen. Hark ließ ein Fallreep herunter und kletterte als Erster von Bord, es folgte Jack. Sie standen neben dem Schiff bis zu den Knien im Wasser. Deshalb beschlossen sie, Anita in ihrer Tracht auf die Sandbank zu tragen.

Dann standen die fünf endlich barfuß im Meer, umgeben von ihren Gästen, die sich auf den beiden Schiffen positioniert hatten und ihnen zulächelten. Auch Pastorin Carola blieb an Bord der Nordsand, weil auf der Sandbank kein Platz mehr war und sie nicht im Wasser stehen wollte. Über ihnen trieb der Wind weiße Wolkenberge vorbei.

«Ich wollte eigentlich eine längere Rede halten», rief Finn-Ole gegen den Wind. «Angesichts des Wetters halte ich mich kurz.»

Beifall brandete auf, am lautesten bei denen, die nicht so seefest waren. Finn-Ole ließ die Notizzettel mit seinem geplanten Vortrag mit dem Wind fortfliegen und sprach frei weiter.

«Liebe Anita, lieber Hark, ihr seid das tollste Paar, das ich je kennengelernt habe. Man spürt eure Liebe, wann immer man euch begegnet. Auch einzeln, wenn ihr über den jeweils anderen sprecht.»

Hark wusste, dass Finn-Ole viele Eheschließungen hinter sich hatte. Oft weinten die Angehörigen dabei, Finn-Ole aber nie, warum auch? Jedenfalls hatte er das vorhin im kleinen Friesencafé behauptet.

Heute war es anders, seine Stimme wurde brüchig, er war sichtlich gerührt. Auch Julia zückte ein Taschentuch.

«Jetzt heiratet ihr mitten in der Nordsee und sagt der ganzen Welt, dass ihr zusammengehört – wie schön.»

Ein heftiger Windstoß ließ alle zusammenfahren. «Trauzeugen sind Julia Koslowski aus Oldsum auf Föhr und Jack Kundinsky aus Brooklyn, New York.» Nach Jacks Outing hatte Finn-Ole in den Dokumenten den Namen «Henry Paulsen» noch schnell durch Jack Kundinsky ersetzt. Hark konnte nur ahnen, wie viel Jack das bedeutete. In diesem Moment wurde er offiziell und endgültig in die Familie Paulsen aufgenommen, und das war gut so!

«Ich bitte euch nun, zu mir zu treten.»

Schon da schossen Anita und Hark Tränen in die Augen. Sie nahmen sich an der Hand und schauten über Finn-Oles Schultern hinweg aufs Meer, das sich zwischen den Inseln hindurch bis zum Horizont zog.

«So frage ich dich, Anita Koslowski, willst du den hier anwesenden Hark Erich Paulsen zu deinem Ehemann nehmen? Dann antworte mit *Ja*.»

Es blieb so lange still, dass die Gäste unruhig wurden.

«Ja», kam es ganz leise von Anita, unter Tränen, für die sie sich nicht schämte.

Finn-Ole lächelte und wandte sich an Hark. Dessen

Gesicht sah seltsam schief aus, seine Lippe zuckte. Finn-Ole erhob die Stimme, damit man ihn gegen den Wind hörte.

«Und willst du, Hark Erich Paulsen, die hier anwesende Anita Koslowski zu deiner Ehefrau nehmen, dann antworte mit *Ja*.»

Der Kapitän schluchzte und brachte erst einmal kein Wort heraus. Finn-Ole reichte ihm ein Taschentuch. Aber auch danach war er kaum in der Lage zu sprechen.

«Ja», kam es fast unhörbar.

«Dann erkläre ich euch hiermit zu Mann und Frau.»

Die Gäste an Bord der beiden Schiffe schrien, klatschten und jubelten. Sekunden später heulten die Sirenen sämtlicher Schiffe und Fähren im nahe gelegenen Wyker Hafen auf. Gonzo hatte ihnen per Handy das verabredete Zeichen gegeben.

Hark und Anita küssten sich und ließen sich nicht wieder los.

Unter den Gästen gab es in diesem Moment kaum noch trockene Augen. Anita und Hark umarmten Julia, Finn-Ole und Jack. Pastorin Carola trat an die Reling der Nordsand.

«Ich freue mich, dass ihr zueinandergefunden habt: Für eure Ehe erteile ich euch den Segen Gottes. Man sieht ihn ja nicht, aber im Wattenmeer kommt man ihm so nahe wie an kaum einem anderen Ort. Es fühlt sich jedenfalls so an. Auch deshalb ist es eine wunderbare Idee, hier zu heiraten.» Dann betete sie laut das Vaterunser auf Fering.

Üsens feeder,
Diar dü beest uun a hemel,
Hilicht wurd skal dan nööm,
Din rik mei kem,
Dan wal skal skä uun a hemel
Likso üüs üüb a Eerd.
Üsens doogelk bruad du üs daaling
An ferjiiw üs üsens skilj,
So üüs wi ferjiiw dönen,
Diar üs wat skiljig san,
An feer üs ei uun ferschüking,
Fölmuar ferliase üs faan ales ongelks,
Dan din as at rik an a herelkhaid
Uun iiwighaid!
Aamen!

Nach dem Gebet stellte sich Gonzo breitbeinig mit umgeschnallter E-Gitarre an den Bug seines schaukelnden Krabbenkutters. Gesine in Friesentracht saß auf dem Vorderdeck an den Drums, Jens stand neben ihr an den Keyboards, die sie mit Tampen gesichert hatten. Gonzo stimmte das alte Lied von Leonard Cohen an: «Hallelujah, Hallelujah …»

Kimya, Jack und Henry stimmten als Erste mit ein, dann sangen alle inbrünstig mit. Der Chor vermischte sich mit dem Wind und schickte das Lied übers Meer. Anita und Hark konnten nur dastehen und vor Glück lachen und heulen. In diesem Moment riss der Himmel auf, die Sonne kam heraus, als wollte eine übermächtige Kraft noch ihre Zustimmung geben. Größer ging es nicht.

Leider blieb kaum Zeit, diesen wunderbaren Moment zu genießen, denn die Natur hatte ihre eigenen Ideen. Wie aus dem Nichts schwappte eine Welle heran, die höher war als alle anderen und die Sandbank vollständig überspülte. Die gesamte Hochzeitsgesellschaft wurde nass, auch Anitas und Julias Trachten waren davon nicht ausgenommen. Für Hark fühlte sich das eher nach Taufe als nach Trauung an.

Jetzt musste es schnell gehen, bevor es gefährlich wurde und sie womöglich noch fortgespült wurden. In Windeseile kletterten sie an Bord der Nordsand und ließen sich von ihren Freundinnen und Freunden auf schwankenden Planken umarmen und feiern.

27

Hark glühte vor Aufregung. Nun war er tatsächlich mit Anita verheiratet! Im Hafen standen Räder für jene Gäste bereit, die im Pulk nach Oldsum zurückradeln wollten. Es waren fast alle. Ein gutmütiger Rückenwind schob sie sanft voran. Sie ließen permanent die Fahrradklingeln ertönen, die Kühe auf den Marschweiden wandten ihnen neugierig ihre großen Augen zu. Der Himmel hatte an diesem Festtag eine Vielzahl von Wetter- und Seelenstimmungen vorgeführt, als sei er ein Sinnbild für ein abwechslungsreiches Leben.

Mit ihrer nassen Tracht hätten Anita und Julia nicht radeln können, Hark fuhr sie im Mercedes hinter dem Pulk her. Aber da sie doch sehr schnell zu frieren begannen, überholte Hark schließlich alle Radfahrenden und fuhr vorweg.

Die Musik der Fering Scorpions empfing sie, als sie in Oldsum zum kleinen Friesencafé abbogen. Mit einem Titel, den Anita und Hark liebten und der das Motto ihrer jungen Ehe sein sollte: «Born to be wild».

Vor der Tür stand Thores Foodtruck, die Seitenklappe war geöffnet, weißer Dampf zischte von den Herdplatten. Die Küche auf Rädern war von Anfang an dicht umlagert, Thore war pausenlos am Schuften. Hier gab es Burger wahlweise mit Lammfleisch oder vegetarisch, beides schmeckte köstlich.

Anita hatte inzwischen von Thekla eine Ersatztracht bekommen. Die Fering Scorpions mit Krabbenfischer Gonzo als Sänger, Bankerin Gesine am Schlagzeug und Kirchenorganist Jens an den Keyboards standen auf der kleinen Cafébühne und spielten nun «Don't Worry, Be Happy» von Bobby McFerrin. Jack und Henry ließen sich nicht lange bitten, sie sprangen zusammen auf die Tanzfläche und schnappten sich ein Mikro.

«Am Anfang steht der Hochzeitstanz!», rief Jack in den Saal, in dem alle durcheinanderwuselten. Sofort stellten sich die Gäste wie verabredet im Quadrat vor der Bühne auf. Die Band spielte, Gonzo diesmal am Banjo, Jack und Henry sangen mehrstimmig dazu. Anita und Hark tanzten vor ihnen und beantworteten die Schritte ihrer Gäste mit den eigenen, es war eine Art Frage-Antwort-Spiel. Das Countrystück, das die Fering Scorpions spielten, passte perfekt zum Linedance.

Im kleinen Friesencafé hatte ein wildes Fest begonnen. Es wurden Lieblingsschnulzen von Anita zum Besten gegeben, Krabbenfischer Gonzo schluchzte herzzerreißend «Love me tender» von Elvis, Kimya sang «Don't let the sun go down on me» von Elton John sowie einen Gospelsong, der großartig klang. Dann spielte die Band Lieblingstitel von Hark, unter anderem «My way» von Frank Sinatra. Das sangen Henry, Jack und Gonzo zusammen vor einem Mikro, wie einst Dean Martin, Sammy Davis jr. und Frank Sinatra. Was Anita und Julia zu Tränen rührte.

Jack trat anschließend noch einmal alleine vor das Mikrofon. «Dass ich hier sein darf, ist ein Wunder, Hark. Föl thoonk dafür!» Er sang ein rührendes Solo, das gute alte «Bridge over Troubled Water» von Simon & Garfunkel.

«Schön, dass du da bist», rief Hark.

Genau genommen kannten sie sich ja erst seit kurzer Zeit. Dennoch fühlte es sich wie eine Ewigkeit an.

Irgendwann machten die Musiker eine Pause. Ramona, Renate und Willy traten auf die Bühne. Anita und Hark wussten, was das bedeutete: Es wurde ernst, jetzt kamen die Spiele!

«Wir wollen mal herausbekommen, wie gut ihr euch kennt», rief Renate.

Anita und Hark taten überrascht, blieben aber entspannt, denn sie waren ja gut vorbereitet. Irgendwie waren sie damit auch die Spielverderber, aber das erschien ihnen besser, als vorgeführt zu werden. Nach jeder Frage sollten sie ihre Antwort aufschreiben, die Willy dann vorlas. Und so ging es los:

«Spitzname des Bräutigams / der Braut?»

«Sharky und Nita.»

«Wie trinkt Hark seinen Kaffee bzw. seinen Tee?»

«Kaffee schwarz! Tee mit Milch.»

«Wie steht es mit dem Endstück vom Brot?»

«Er mag es, sie nicht.»

Beide nahmen am liebsten die obere Hälfte vom Brötchen, er sang falsch unter der Dusche.

«Hat Hark schon mal ein Gedicht geschrieben?»

«Nein, aber dafür ist er einer der besten Palmenkletterer der Südsee.»

Ihre Traumautos fuhren sie bereits: Hark den Mercedes «Heckflosse», Anita ihren vierzig Jahre alten Alfa Romeo Giulietta, der allerdings seit Monaten in der Werkstatt stand, weil Ersatzteile aus Süditalien nicht ankamen.

«Wo würdest du wohnen, wenn du es dir aussuchen könntest?», fragte Ramona. Eine unsinnige Frage, denn ihr Traum hatte sich bereits im Reetdachhaus auf Föhr erfüllt.

«Was für ein Schokoladentyp ist er/sie: Zartbitter, Vollmilch, weiß, Nougat, Nuss?»

«Wir finden leider alles gut.»

Wasser immer mit Sprudel und mit Zitronenspalte.

Die Willys staunten, Anita und Hark wussten wirklich jedes Detail über den anderen!

Nach exakt zehn Minuten setzten die Fering Scorpions mit einem alten Titel der Rolling Stones ein. Hark hatte die Band angewiesen, nicht eine Sekunde länger zu warten. Damit war das Quiz beendet, alle sprangen auf die Tanzfläche. Alles war gut.

Später standen Anita und Hark mit einem Burger in der Hand in ihrem Garten Eden.

«Hast du dir unsere Hochzeitsfeier so vorgestellt?», fragte Hark.

«Nein, sie ist noch schöner, als ich es mir hätte erträumen können. Obwohl wir beim Jawort fast ertrunken wären.»

«Na, so schlimm war es auch wieder nicht, oder?»

«Mir hat es gelangt.»

Der Wind hatte gedreht, gegen Abend wurde es immer wärmer. Auf der Tanzfläche war die Luft geradezu tropisch. Julia öffnete alle Türen, um für Durchzug zu sorgen, später verlagerten sich die Band und die Tanzenden nach draußen in den Garten.

Hark nahm sich Zeit, mit allen Gästen zu sprechen, das musste sein. Und es waren eine Menge Leute. Irgendwann aber vermisste er Anita.

«Weißt du, wo meine Frau steckt?», fragte er Ramona.

«Meine Frau» zu sagen, war noch ungewohnt, fühlte sich aber gut an.

«Nee.»

«Sie ist weg.»

«Wie, weg?»

«Na, weg.»

«Echt? Und was jetzt?»

Plötzlich dämmerte es ihm. «Oh nee, habt ihr sie etwa entführt?»

«Das geht manchmal schneller, als man denkt.» Ramona grinste.

Hark holte tief Luft, um freundlich zu bleiben. «Okay, was muss ich tun?»

«Sie suchen?», schlug sie vor.

«Ernsthaft?»

Ramona zuckte mit den Achseln. «Oder dich wieder scheiden lassen und alleine weiterleben.»

«Sehr witzig.»

«Also?»

«Wo soll ich anfangen?»

«Mit Fragen.»

Er zuckte zusammen. «Bist du Teil der Verschwörung?»

«Selbst wenn, würde ich es nicht zugeben.»

«Oh nee, Ramona, bitte, wo ist sie?»

Keiner hatte richtig mitbekommen, dass die Musik schon länger pausierte und Gonzo und ein paar andere ebenfalls verschwunden waren.

Ramona drehte den Wasserhahn hinter dem Tresen auf. «Was ist das?», fragte sie Hark.

«Ein Wasserhahn?»

«Und was fließt daraus?»

«Wasser.»

«Wo gibt es Wasser noch?»

«In der Waschmaschine?»

Ramona verdrehte die Augen. «Wo noch?»

«Wieso nicht in der Waschmaschine?»

«Wo gibt es das meiste Wasser?»

«Im Wasserwerk.»

«Nein.»

«Wo sonst?»

«Das müsstest du am besten wissen.»

Hark überlegte. «Auf einem Gletscher?»

«Nein.»

«Sondern?»

«Ihr wollt doch mit der Nordsand eine Hochzeitsreise nach Ägypten machen», gab sie als kleinen Tipp.

«Ja.»

«Und wie kommt ihr dorthin?»

«Mit dem Schiff.»

«Und worauf fährt das Schiff?»

«Wasser – Meer.»

Ramona klatschte in die Hände. «Endlich!»

«Also ist Anita an Bord der Nordsand?»

«So einfach ist es auch wieder nicht.»

«Ich kapiere das nicht, da kann ich ja ewig raten.»

«Dann musst du halt ohne die Braut weiterfeiern.»

«Jetzt hilf mir bitte.»

«Anita ist an Bord eines Schiffes verschleppt worden, und du musst sie befreien.»

«Wie?»

«Indem du dich auf den Weg zur Nordsand machst. Den Rest wirst du über Funk hören.»

Jack übernahm Gonzos Platz in der Band und spielte mit Gesine und Jens, die verbliebenen Gäste tanzten weiter. Eine kleine Delegation machte sich auf den Weg zum Hafen. Nach Gonzo fragte niemand in dem Gewusel.

Ramona fuhr Hark in seinem Mercedes zum Hafen, sie hatte extra keinen Alkohol getrunken. Seine Laune war nicht die beste, für solche Spiele war er nicht gut zu haben. «Muss ich da mitmachen?», fragte er mürrisch.

«Sei kein Spielverderber. Außerdem wartet Anita sehnsüchtig auf dich, du darfst sie jetzt nicht hängen lassen.»

«Also gut.»

«Ein Kasten Bier sollte an Hafenmeisterin Wiebke gehen. Und vielleicht eine Spende, die leitet Wiebke an den Kinderschutzbund weiter.»

«Klar.»

Ramona wusste noch mehr. «Außerdem musst du etwas singen.»

«Nee, das nun wirklich nicht.»

«Kein Singen, keine Anita.» Ramona lächelte.

«Geht auch ein Shanty?»

«Klar.»

«Na gut.»

«Und wir filmen das natürlich für alle, die nicht hier sind.»

«Das kommt aber nicht ins Internet.»

«Auf gar keinen Fall! Nur auf Facebook, Twitter, Instagram, TikTok und Snapchat.»

«Nicht dein Ernst», stöhnte Hark.

Grummelnd fügte er sich in sein Schicksal und sang die erste Strophe von «What shall we do with the drunken sailor».

28

Oma tat Julia ein bisschen leid. Anita hatte zunächst überhaupt nicht verstanden, was Gonzo und die anderen wollten, als sie sie aus der Tür des kleinen Friesencafés zerrten.

«Ich will mit Hark tanzen», beschwerte sie sich.

«Später», sagte Willy lächelnd.

«Was ist denn los?»

«Du bist entführt», erklärte Renate.

«Oh nee, Kinder, bitte nicht.»

«Doch, das muss.»

Anita schaute ihre Enkelin flehentlich an, doch die zuckte mit den Achseln. Dann stiegen Gonzo, Julia und Willy zusammen mit Anita in Gonzos Kombi und fuhren zum Hafen. Julia wusste, dass Hark solche Spiele nicht mochte, seine Hochzeitsgäste aber umso mehr. Da musste er durch.

An Gonzos Kombi zog die Marsch vorbei, sie fuhren dieselbe Strecke zurück, die sie am Vormittag zur Trauung genommen hatten.

Willy wirkte richtig euphorisch. «Ich bin gespannt, wie das läuft.»

«Und ich erst», murmelte Anita.

Julia wusste, was sie meinte. Hoffentlich würde Hark die Contenance bewahren …

«Immerhin habt ihr das Quiz überstanden, dann werdet ihr auch dieses Spiel hinter euch bringen.»

Im Hafen stiegen sie auf Gonzos Krabbenkutter.

«Ernsthaft?», fragte Anita.

«Jo.»

«Das dauert doch viel zu lange. Und was soll denn jetzt passieren?», fragte Anita.

«Finn-Ole und Urs sprechen gerade mit Hark, der muss herausbekommen, wo sich die Braut befindet. Dann wird er hierhergefahren, um dich auszulösen.»

«Womit?»

«Unter anderem muss er dir etwas vorsingen.»

«Bitte nicht!» Anita hatte vorhin öffentlich beklagt, wie falsch Hark unter der Dusche sang. Noch schlimmer wurde es allerdings, wenn er Titel aus dem Radio mitsang. Er tat es gerne, immer falsch und immer laut.

Gonzo löste die Leinen und setzte seinen Kutter in Gang. «So sind die Gesetze nun mal.»

«Auch die friesischen?»

«*Gerade* die.»

«Müssen wir unbedingt rausfahren? Genügt es nicht, wenn wir hier im Hafen bleiben?»

«Das wäre zu einfach.»

Gonzo tuckerte hinaus. «Ich gehe vorm Südstrand vor Anker, dann sieht er uns nicht gleich, wenn er aus dem Hafen kommt.»

Langeneß kam in Sicht, die kilometerlange Hallig mit den unzähligen Warften gegenüber von Föhr.

«Hier gehen wir vor Anker und warten auf Hark», rief Gonzo.

Plötzlich stotterte die Maschine, dann ging sie ganz aus. Der Kutter schaukelte im Wind hin und her und trieb zusehends ab.

Julia eilte mit Anita und Willy zur Brücke.

«Gehört das dazu?», fragte Julia Gonzo.

Gonzo hatte Schweißperlen auf der Stirn. «Na ja, nee.»

«Ist was kaputt?», wollte Anita wissen.

«Ja.»

«Das kann nicht wahr sein!»

«Kannst du das Ruder kurz mal halten?», bat Gonzo Julia.

Damit war der Spaß wohl endgültig beendet.

«Ich?»

«Bitte.»

Gonzo kletterte unter Deck und fummelte an der Maschine herum.

«Mist, auf die Schnelle kriege ich das nicht hin.»

Anita war bleich. «Sind wir in Seenot?»

«Nee, so dramatisch ist es nicht.»

«Aber steuern ist unmöglich?»

Gonzo kratzte sich an der Schläfe. «Im Augenblick schlecht.»

«Also sind wir in Seenot!»

Was Gonzo anscheinend immer noch nicht wahrhaben wollte.

«Schluss – aus!», rief Anita. Sie zückte ihr Handy und wählte Harks Nummer.

Er ging gleich ran. «Ja?»

«Hast du rausbekommen, wo ich bin?», fragte sie.

«Noch nicht.»

«Du musst uns retten, Gonzos Motor ist hin, wir liegen ungefähr eine Seemeile backbord von der Hafeneinfahrt.»

«Was für ein Bockmist!»

«Schlepp uns bitte zurück in den Hafen.»

«Aye, aye, Sir.»

Anita war erleichtert.

Tatsächlich kam Harks Nordsand nach erstaunlich kurzer Zeit angerauscht. Hark fuhr volle Kraft voraus zu seiner Braut, um sie zu befreien, das Wasser spritzte nach allen Seiten. Anita stellte sich an den Bug von Gonzos Krabbenkutter wie eine Galionsfigur, die signalisierte: «Wir schaffen das!»

«Moin, meine liebste Frau», rief Hark.

Jetzt, wo er sie sah, war seine Laune plötzlich wieder gut.

Hark warf Gonzo eine Leine zu, die der am Bug seines Kutters befestigte. Dann schleppte Hark ihn langsam zurück in den Wyker Hafen.

Dort fielen sich Anita und Hark in die Arme – endlich!

«Du Arme», flüsterte Hark Anita ins Ohr.

«Was für ein Mist», raunte sie zurück.

Sie küssten sich.

Alles war gut.

Hark hatte außer einem kleinen Sekt noch nichts getrunken und fuhr seine Braut zurück ins kleine Friesencafé, wo sie mit großem Gejohle empfangen wurden. Die Fering Scorpions starteten noch einmal mit «Born to be wild». Anita und Hark sprangen auf die Tanzfläche. Um sie herum nur fröhliche Gesichter.

Am Ende des Stücks entledigte sich Gesine ihrer Friesentracht, um anschließend in gelbem T-Shirt und goldener Leggings weiterzuspielen. Die Fering Scorpions übertrafen sich an diesem Abend selbst, ob sie nun Les Humphries Singers spielten oder Van Morrison.

Die Feier ging bis zum Sonnenaufgang. Wie es sich für eine anständige Inselhochzeit gehörte.

29

Wie vor ein paar Wochen parke ich meinen Käfer in der Nähe des East End Surf Clubs am Ditch Plains Beach in Montauk. Heute Morgen regt sich kein Lüftchen, dabei ist es erst zehn Uhr. Es ist Herbst, aber immer noch so warm wie im Sommer, um die 30 Grad haben wir bestimmt noch.

Ich ziehe meine Sneakers aus, schnalle den kleinen Rucksack über und nehme meine geliebte Gitarre vom Rücksitz. Der Korpus ist zerkratzt, auf ihm klebt immer noch der halb abgerissene Aufkleber mit dem Peace-Zeichen. Es ist ein neuer dazugekommen, auf Deutsch: «Föhr – Friesische Karibik». Mit dem Umriss der Insel.

Das Allerwichtigste: Ich bin nicht alleine. Neben mir schlendert Ramona barfuß am Strand entlang, sie trägt ein grünes T-Shirt und weiße Jeans. Wir waren viel draußen, im Central Parc und auf Long Island, sie ist braun gebrannt. Ramona zuliebe bin ich sogar nach Coney Island gefahren und habe ihr gezeigt, wo ich aufgewachsen bin.

Die Hochzeit von Anita und Hark war für mich eines der schönsten Feste, das ich je gefeiert habe. Wir haben bis zum Morgengrauen getanzt. Ramona und ich sind anschließend zum Seedeich gegangen, um den Sonnenaufgang am Meer anzusehen. Ich habe ihr gestanden, warum ich unter falscher Flagge im Friesencafé gesegelt bin.

Hier auf Long Island zeigt sich der Himmel gerade wie ein Aquarell in Curryfarben und Blau. Ramona lächelt mich an. Sie hält einen Papierlampion mit traditionellem friesischem Muster in der Hand. Auf einer Seite steht in Großbuchstaben «MOIN». Alle Hochzeitsgäste haben so einen Lampion von Julia als Erinnerung mit auf den Weg bekommen.

Das Montauk Lighthouse liegt in Sichtweite vor uns. «Dort habe ich gearbeitet.»

«Ein Traum.»

«Ja.»

Am liebsten würde ich meine Wohnung in Brooklyn verkaufen und mit Ramona hierher nach Montauk ziehen. Aber das sollte ich vielleicht besser nicht ansprechen, ich könnte sie womöglich abschrecken. Zu schnell wäre vielleicht zu viel.

Immerhin sind wir beide in den Sechzigern, da macht man nicht mehr ein Fass für ein halbes Jahrhundert auf. Eher rechnet man mit zwanzig Jahren und hofft, dass sie nicht schlimm werden.

Wir legen uns neben meine Gitarre an den sonnigen Strand und schließen die Augen. Ich nehme Ramonas Hand. Kleine Wellen schwappen träge heran, eine nach der anderen.

«Was hältst du davon, wenn ich meine Wohnung in Gelsenkirchen verkaufe und hierherziehe?», fragt Ramona.

Habe ich richtig verstanden? Ich habe mir das gewünscht, hätte mich aber nicht getraut, das selbst zu fragen.

«Meinst du das ernst?»

Sie zuckt zusammen. «Zu schnell zu viel?»

Jetzt erst merke ich, wie misstrauisch meine Frage klang. Als hätte ich Zweifel. Dabei freue ich mich riesig.

«Nein, im Gegenteil!»

«Nicht?», fragt sie.

Ein Missverständnis. «Nein, ich wollte dich nur fragen, wie wir das konkret umsetzen. Ich bin begeistert von der Idee!»

Wir richten uns auf und schauen auf den Atlantik vor uns, für mich ein vertrauter Anblick sowohl im Sommer als auch bei eisigen Stürmen. Drüben, auf der anderen Seite des Ozeans, liegt Föhr.

«Hast du keine Angst davor, dass wir uns täuschen könnten? Und bei mir kommen noch zweihundert irre Macken zum Vorschein?»

«Warten ist sinnlos. Wenn wir gar nichts tun, erfahren wir nichts.»

«Finde ich auch.»

«Im Alter ist die Zeit das Kostbarste.»

«Nicht nur im Alter.»

«Aber da merkt man es besonders deutlich.»

«Stimmt.»

Vielleicht wollen wir den Winter in Montauk verbringen und ein Haus am Strand einhüten. Das wäre für Ramona und mich eine Probe, ob wir für immer hier wohnen wollen oder doch in Brooklyn.

Zur selben Zeit ist es auf dem Nil fünf Uhr abends. Es ist weit über 30 Grad, ein paar sonnenbeschienene Wüstendünen ziehen an der Nordsand vorbei. Hark steht mit T-Shirt und kurzer Hose am Ruder, die Tür zur Brücke ist weit geöffnet. Anita liegt in einem Liegestuhl auf dem Vorderdeck und kann sich nicht sattsehen an der Wüste und den Palmen.

Bis jetzt war ihr Törn ein Traum, Niederlande, Belgien, Kanalinseln, Frankreich, Portugal, an Gibraltar vorbei ins Mittelmeer. Die alte Nordsand hat sie, ohne zu murren, an die schönsten Küsten gebracht. Hark hat manchmal das Gefühl, vor Glück kaum atmen zu können, er möchte, dass es nie aufhört. Könnte man diesen Zustand bitte irgendwie einfangen und konservieren?

Sie zehren immer noch von ihrer Hochzeit. Das Tanzen, die tolle Band, Gesines unglaubliches Schlagzeugsolo. Und wie Jack, Henry und Gonzo «My way» gesungen haben! Die Umstellung von «Henry» zu «Jack» war gewöhnungsbedürftig gewesen, aber am Ende zählte nur die Rückkehr seines Neffen Henry und die Freundschaft mit Jack. Mitten in der Wüste tauchen immer wieder Erinnerungen an den großen Tag auf. Hark hat Anita übrigens gezeigt, wie er die Palmen hochklettert. Allerdings nur ungefähr zwei Meter, dann fand Anita es zu gefährlich und rief ihn zurück. Was ihn erleichterte, mit seinen 68 Jahren musste er nicht mehr alles beweisen.

Anitas missglückte Entführung ist eine auf Föhr oft erzählte Geschichte, die immer weiter ausgebaut wird. In einigen Versionen endet sie auf Helgoland, in anderen sogar auf den Britischen Inseln. Für Hark und Anita steht fest: So schrecklich es gewesen ist, so schrecklich schön hat es geendet!

Anita und Hark stehen hinterm Ruder, der Schatten auf der Brücke ist angenehm kühl.

«Es war so wunderschön», seufzt Anita. «Wollen wir nicht nächstes Jahr noch einmal heiraten?»

Hark nickt. «Superidee! Dafür müssten wir uns aber erst scheiden lassen.»

«Lass es uns tun.» Anita klatscht in die Hände.

«Nicht dein Ernst.»

«Es ist ein Witz, Harkyboy, und ein schlechter dazu.»

In diesem Moment kommt ein kleines Fischerboot längsseits, an Bord steht ein Mann mit kurzer Hose und kurzärmeligem Hemd.

«As-salamu alaykum», ruft Hark ihm zu.

«Wa alaykum as-salam», antwortet er.

Die beiden kommen auf Englisch ins Gespräch. Der Mann, der Mustafa heißt, lotst sie zu einem Anleger, dort stehen seine Frau und seine Kinder, ein Mädchen, ein Junge, wohl im Grundschulalter. Sie sind sehr neugierig. Ein Schiff direkt aus Deutschland ist noch nie bei ihnen vorbeigekommen. Die Kinder zeigen begeistert auf den Lampion, der neben der Brücke hängt.

«What does this word mean: Mo-in?», fragt Mustafa.

Er spricht es so aus, wie sie es noch nie gehört haben. Anita und Hark blicken sich fragend an. Wie erklärt man mitten in der Wüste Sturmflut und Wattenmeer?

Hark erzählt von seiner ganz besonderen Liebe zum Wind und zum Regen. Er beschreibt die Stürme im Winter, die er einfach brauche, genauso wie die Spaziergänge an der Nordsee bei minus zehn Grad, die ihn fast wegwehen.

Mustafa schaut sie befremdet an, er ist im Sinai aufgewachsen, wo die Temperatur manchmal auf 50 Grad geht. Seinem Gesichtsausdruck nach zu schließen, fragt er sich, wie Menschen in einem Klima wie auf Föhr überleben können.

«Gibt es dort Eisbären?», wollen die Kinder wissen.

Abends kochen sie in der kleinen Kombüse der Nordsand für die nette Familie. Eine Mischung aus ägyptischen Essen und norddeutscher Küche, Kartoffeln, Linsen, Zwiebeln, Knoblauch, Kichererbsen und Tomatensauce, dazu viel Fisch.

Mustafa schenkt sich ein Bier ein, das er mitgebracht hat, Hark trinkt Wasser.

«Ich dachte, Deutsche trinken zum Essen Bier?», fragt Mustafa irritiert.

«Und ich dachte, Muslimen ist Alkohol nicht erlaubt», antwortet Hark.

«Aber wieso trinkst du Wasser?»

«Aus Rücksicht auf dich.»

Sie tauschen lachend die Flaschen und stoßen miteinander an.

Auf Föhr wandern Julia und Finn-Ole auf dem Deich hinter Oldsum entlang. Es geht auf fünfzehn Uhr zu, die Flut läuft gerade auf. Die Dünen der gegenüberliegenden Insel Sylt rekeln sich in der Sonne und leuchten ockerfarben auf, sie scheinen zum Greifen nahe. Julia empfindet es immer noch als großes Glück, in einer solchen Traumlandschaft leben zu dürfen. In der Nacht zuvor haben die Rotarier und die Lions zusammen ein Fest bei ihr im kleinen Friesencafé gefeiert. Was ungewöhnlich ist, normalerweise agieren diese Organisationen jede für sich.

«Und?», fragt Finn-Ole. «Alles gut überstanden?»

«Mehr als das. Im kleinen Friesencafé kommt man aus dem Feiern gar nicht mehr raus.»

Finn-Ole lebt endlich wieder ganz in Oldsum und muss in der Woche nicht mehr nach Amrum fahren, um dort auf dem Amt zu arbeiten. Es ist für sie beide wie der Neubeginn ihrer Liebe. Das Morsen mit Taschenlampen am Strand hatte zwar etwas, die Telefonate auch. Aber ehrlicherweise waren sie nur ein behelfsmäßiger Ersatz.

Auch Julia muss oft an die Hochzeit ihrer Großmutter denken. Bei wem taucht schon ein charmanter Hochzeitscrasher auf, der gar nicht eingeladen war und dann am Ende auch noch Trauzeuge wird? Dass die Entführung von Anita schiefging, verwundert sie irgendwie kaum. Darüber redet man auf der Insel immer noch. Das kleine Friesencafé wurde dadurch geradezu legendär.

Die Saison ist prächtig gelaufen, das kann sie nicht anders sagen. Jetzt steht der Winter vor der Tür, und ihr Terminkalender ist voll mit Feiern. Finn-Ole und sie haben es gut miteinander und reden über alles Mögliche, nur ein Thema umgehen sie: Es lebt sich natürlich auch ohne Trauschein gut. Aber ein Fest wie das von Anita und Hark, hätte das nicht etwas?

Anita setzt sich zur verabredeten Zeit an den Laptop und klickt einen Link an. Kurz darauf leuchten auf den Laptops von Anita und Hark, Julia und Finn-Ole sowie Jack und Ramona weiß-blaue Lampions mit der Aufschrift «Moin» auf. Alle klinken sich ein: Anita und Hark auf dem Nil, Ramona und Jack vor dem Leuchtturm in Long Island und Julia mit Finn-Ole im kleinen Friesencafé auf Föhr.

«Wie geht es euch?», rufen alle durcheinander. «Wo seid ihr gerade?»

Und auf dem Nil, auf Long Island und auf Föhr gehen die Geschichten weiter.

Föl thoonk!

Meiner langjährigen Lektorin Katharina Schlott, Polaris-Leiterin Katharina Dornhöfer, Verlagsleiter Marcus Gärtner, Pressereferentin Anne-Claire Kühne, Lesungsorganisatorin Lisa-Marie Paesike, Josefine von Eisenhart und ALLEN im fantastischen Rowohlt-Vertrieb!

Sowie meinem Literaturagenten und Komplizen Dirk Meynecke, meinen wunderbaren PR-Agentinnen Britta Peddinghaus von talent-x-chance sowie Julia Weber von Musiktransfair.

Meinem Freund Jürgen «Bubu» Huß in Wyk auf Föhr.

Meinem Freund und Kollegen Hendrik Berg.

Sabine Kaack, die mit ihrer unglaublichen Stimme und großem Können so einfühlsam und packend die Hörbücher meiner Romane liest. Dazu gehören natürlich auch Heike Schmidtke und ihre tolle Crew im Argon-Hörbuch-Verlag.

Der Feringstiftung in Alkersum auf Föhr für ihr wunderbares Lexikon «‹En ai as en ai›, saad a prääster – Fering-Öömrang Spreegwurdleksikon». Und für die sonstige Unterstützung in Fering-Fragen.

Last, but not least: Rafaela – für alles.

Weitere Titel

Das Inselweihnachtswunder

Die Insel tanzt

Die Weihnachtsliste

Friesensommer

Mein wunderbarer Küstenchor

Seeluft macht glücklich

Urlaub mit Punkt Punkt Punkt

Zwischen den Bäumen
das Meer

Die Inselbuchhandlung-Reihe

Die kleine Inselbuchhandlung

Die Bücherinsel

Wiedersehen in
der kleinen Inselbuchhandlung

Die kleine Friesencafé-Reihe

Das kleine Friesencafé

Ein Fest im kleinen Friesencafé

Inselhochzeit im
kleinen Friesencafé

Die Oma-Imke-Reihe

Oma ihr klein Häuschen

Ein Strandkorb für Oma

Oma dreht auf

Omas Erdbeerparadies

Omas Inselweihnacht